IAN REYNOR

이안
레이너

FANTASY FRONTIER SPIRIT

이휘 판타지 장편 소설

이안 레이너 10

이휘 판타지 장편 소설

초판 1쇄 찍은 날 § 2017년 2월 20일
초판 1쇄 펴낸 날 § 2017년 2월 27일

지은이 § 이휘
펴낸이 § 서경석

편집책임 § 김경민

펴낸곳 § 도서출판 청어람
등록번호 § 제387-1999-000006호
등록일자 § 1999. 5. 31
어람번호 § 제1-2635호

주소 § 경기도 부천시 부일로 483번길 40 서경B/D 3F (우) 14640
전화 § 032-656-4452 팩스 § 032-656-4453
http://www.chungeoram.com
E-mail § chungeorambook@daum.net

ISBN 979-11-04-91215-3 04810
ISBN 978-89-251-3719-3 (세트)

FANTASY FRONTIER SPIRIT

이휘 판타지 장편 소설

IAN REYNOR

이안
레이너

10

청
람
도서출판

IAN REYONOR

이안
레이너

CONTENTS

1장

승부는 다음에 내자고

지난 승부가 있은 지 이제 겨우 5일이 지났을 뿐이다. 그런데 저렇게 비행 원반과 유사한 물건을 만들어냈다는 것에 놀랐다. 레이첼이 만든 비행 원반에 비교할 수는 없겠지만 그것을 흉내라도 냈다는 것은 그만큼 마법 공학에 대한 능력을 갖추고 있다는 방증일 것이었다.

"죽여주마! 흐압!"

"개소리 작작해!"

두 사람은 비행체를 몰아 폭발적인 스피드로 날아갔다. 그리고 서로를 향해 검을 휘두르며 싸움을 시작했다. 이전의 싸움과 판이하게 달라진 것은 마음대로 움직일 수 없다는 거였다. 덕분에 마상 시합을 하듯이 서로에게 달려들었다가 빗겨나가는 식의 전투가 될 수밖에 없었다.

"으하하하! 이거 참 재미있구나. 다시 간다!"

"그러든가!"

이안은 검술의 차이를 비행 원반의 운용 능력으로 커버하며 칼리엄 공작과 맞상대할 수 있었다. 마계에서 새롭게 터득한 능력은 나중을 위해 묻어두고 지금 싸움에 최선을 다했다.

쉬릿! 슈슈슉! 카앙!

순간적인 손놀림으로 쾌검술을 펼쳐낸 이안과 변초를 펼쳐내며 이안의 눈을 속이려는 칼리엄의 검이 중간에서 충돌하며 거센 오러의 파편을 만들어냈다.

"크으… 노인네가 힘은 장난 아니네."

"크크크! 어린 녀석이 힘이 그리 없어서 쓰겠느냐!"

칼리엄은 자신이 조금 더 우위에 있다는 것으로 이안을 조롱하며 재차 비행체를 선회시켰다. 하지만 유려하게 회전하는 이안과는 다르게, 크게 원을 그리며 도느라 조금 늦어졌다.

"역시 네놈의 그 아티팩트를 내가 가져야겠다. 이 조잡한 놈은 역시 마음에 들지 않아."

칼리엄 공작은 하늘을 날아다닐 수 있도록 해주는 비행체의 매력에 푹 빠져 있었다. 육체의 한계를 벗어났다고 알려진 마스터라고 해도 10미터 이상 뛰어오를 수는 없었다. 중간중간에 발판이 있다면 계속해서 올라가겠지만 허공에서 그렇게 할 수는 없었다. 그러니 이렇게 하늘을 자유롭게 날아다니며 싸우는 것에 극한의 희열을 느끼는 것이었다.

"그럴 수 있다면. 얼마든지!"

이안은 비행 원반의 성능이 큰 차이를 보이는 것에 많은 이득을 얻었다. 세밀한 조정이 가능했고 그간 비행 원반을 타고 전투를 치렀던 경험이 많았기에 칼리엄 공작의 강력한 힘을 이용한 검술도 이겨낼 수 있었다.

"흐랏!"

"으하하하! 받아라!"

서로를 향해 미친 듯이 쇄도해 들어가며 거침없이 검을 휘둘렀다. 수십 개의 환영이 허공에서 난무하며 충돌했고 쇳소리가 거칠게 울려 퍼졌다.

"크으……."

"흐흐흐! 어떠냐, 이놈아!"

정면으로 맞부딪치자 이안이 조금 손해를 보며 옆으로 미끄러지듯이 빠져나왔다. 기동의 묘를 살리지 않는다면 계속해서 피해는 누적될 것이었다.

'비행체를 먼저 부수는 것이 최선이다. 나아 비행 원반이 몇 대 더 있다지만… 칼리엄 공작은 아닐 테니까.'

비행체를 만드는 일이 쉬운 작업은 아니었다. 7클래스에 오른 자신이 비행 원반을 만든다고 해도 족히 닷새는 매달려야 1대를 겨우 만들어낼 수 있었으니 말이다. 새롭게 비행체를 설계하고 마법 회로까지 구상하려면 간신히 1대를 만들어내는 것도 무리에 가까웠다.

"속도를 좀 내볼까나!"

이안이 낭랑한 음성을 터트리며 비행 원반의 속도를 끌어올렸다. 자신의 몸에 레비테이션 마법까지 걸자 더욱 속도가 올라갔다. 칼리엄 공작의 비행체는 그 속도를 따라잡지 못하고 계속해서 뒤로 처졌다.

"이, 이런!"

칼리엄 공작은 분통을 터트리며 자신의 비행체를 만든 마법사들을 욕했다. 속도의 차이가 나는 것은 자신이 마법을 펼칠 수 없어서 그런 것이었지만, 그가 보기에는 이안이 가진 비행 원반의 성능이 더 뛰어나서 그런 것으로만 느껴졌을 뿐이었다.

'그래, 그렇게 길길이 날뛰어라. 그럼 허점은 더욱 빠르게 드러날 테니까.'

이안은 적군이 밀려오는 전장으로 비행 원반을 움직여 빠르게 지그재그로 날아갔다. 즉흥적으로 방향을 틀며 쫓아오는 칼리엄 공작의 오러뷰렛이 날아드는 것을 피했다.

'이렇게 되면 자신의 부하들을 향해서 오러뷰렛을 날리는 꼴이 되지. 함부로 쏘지도 못하니 더욱 미치겠군. 쿠쿡!'

광분해서 쫓아오는 칼리엄 공작을 힐끗 쳐다본 이안은 아래의 적군을 향해 마법을 날렸다.

"이거나 받아라, 라이트닝 스톰!"

후웅! 파츠츠츠츠츠츳!

미친 듯이 몰아치는 뇌전의 폭풍이 병사들을 휩쓸었다. 비명을 지르며 죽어나가는 병사들 사이를 빠져나간 이안은 기간트 캐러밴을 향해 방향을 틀었다. 요새의 성벽 아래까지 서행으로 이동한 캐러밴에서 기간트들이 성벽 위로 올라갈 준비를 하는 것을 본 뒤였다.

'캐러밴이 일렬로 도열해서 디딤판이 되면 곤란하지. 어떻게든 몇 대만이라도 부숴야 한다.'

성벽 아래로 캐러밴이 놓이고 그 위로 기간트들이 쌓인다면 성벽의 높이를 넘어설 수 있게 될 것이었다. 로크 제국의 기간트인 오시리스들이 서서히 몸체를 일으키는 중이었다.

"상판을 열어라!"

"상판 열어! 기간트 기동!"

우웅! 철컹! 철커컹!

기간트 캐러밴들이 일제히 상부를 덮고 있던 상판을 열어 젖혔다. 그리고 드러난 오시리스들이 뒤쪽을 채우고 있는 흙을 발판 삼아 일제히 기동했다. 15미터에 달하는 캐러밴의 높이까지 발판 삼아서 기동하자 요새 성벽의 끝부분에 기간트들의 머리가 위치했다.

"부숴라!"

"모두 쓸어버려!"

기간트들의 머리가 요새의 성벽에 위치한다는 것은 긴 강철 팔과 그 팔에 들린 기간틱 렌스들이 병사들을 얼마든지 도륙할 수 있는 높이라는 것을 의미했다.

"발사! 발사하라!"

"모두 날려 버려!"

쿠콰콰콰콰콰콰콰쾅!

샤베른들이 일제히 마동포를 날렸다. 바로 지근거리에 위치한 기간트들을 맞히지 못할 멍청이들은 존재하지 않았다. 한 번의 포격으로 20여 대 이상의 오시리스들이 박살 나며 그대로 주저앉았다.

"아군의 희생을 헛되이 하지 마라. 기간트를 타고 올라가라!"

"올라가라! 성벽으로 올라가!"

기간트가 부서지면서 주저앉자 캐러밴 위에 흙이 쌓여서 만들어진 디딤대에 또다시 기간트의 잔해가 이중으로 발판이 되어주었다.

―아군의 복수를!

―우와아아! 돌격하라!

기간트들을 몰고 있는 라이더들은 아군의 희생에 죽음을 도외시한 채 요새의 성벽으로 기어올라 갔다.

"물러서지 마라! 방패로 막아!"

"신형 샤베른이 앞으로 나가서 막는다. 힘을 내라!"

구형 샤베른은 솔저급에도 미치지 못하는 마나 코어 덕분에 힘이 상당히 부족했다. 안 그래도 무거운 샤베른을 구동시키느라 거의 대부분의 힘을 쓴 탓에 워리어급의 오시리스를 상대할 수는 없었다. 덕분에 신형 샤베른들이 미친 듯이 올라오는 오시리스와 직접 부딪쳤다.

"방패로 밀어! 밀어버리라고!"

"떨어뜨리면 끝이다. 밀어!"

신형 샤베른의 마나 코어는 1.87로 제법 힘을 쓸 수 있는 워리어급의 기체였다. 비록 조종을 하는 방식 때문에 조금은 뒤늦은 반응 속도를 보인다고 하지만 그래도 힘만큼은 오시리스에 뒤지지 않았다.

쿠웅! 쿠쾅! 콰드드등!

샤베른들이 방패로 오시리스의 머리통을 짓이기며 바닥으로 떨어뜨리려 용을 썼다. 반대로 오시리스 라이더들은 어떻게든 성벽 위로 올라선 채 떨어지지 않으려고 샤베른을 향해 미친 듯이 공격을 퍼부었다.

―뭐가 이리 힘이 좋아?

―정보가 틀린 거 아냐? 솔저급이라며?

오시리스 라이더들은 자신들의 공격을 몸으로 때우며 밀어내려고 하는 신형 샤베른 덕분에 난리가 났다.

"시간 됐다! 마동포 날려!"

"발포! 발포하라!"

쿠콰콰콰콰콰콰콰쾅!

수십 발의 철환이 또다시 날아가 바로 붙어서 몸싸움을 하던 오시리스의 몸통을 꿰뚫어 버렸다.

―크아아아악!

―으악! 사, 살려! 커억!

비명을 지르며 죽어나가는 오시리스 라이더들의 단말마가 처절하게 전장을 뒤흔들었다.

―오냐! 같이 죽자!

―부숴주마! 으아아아!

살아남은 오시리스들은 동료들의 희생에 광기마저 드러내며 샤베른을 공격했다. 아무리 방패로 막는다고 해도 라이더들의 반응 속도를 따라잡지 못하는 샤베른들이 연달아 기간틱 렌스에 꿰뚫리며 구동을 멈췄다.

'빌어먹을… 어떻게든 구해야 하는데…….'

뒤에서 맹렬하게 추격해 오고 있는 칼리엄 공작 때문에 기간트들이 싸우고 있는 성벽 위로 올라갈 수는 없었다. 다시 방향을 틀며 적군이 대기하고 있는 곳으로 비행 원반을 몰아갔다. 기간트로 성벽 위를 점거하고, 요새의 문을 파괴한다면 바로 밀고 들어갈 준비를 했다.

"게 서라! 이놈!"

칼리엄 공작은 이미 다른 곳에서 벌어지고 있는 전투 따위는 안중에도 없었다. 오직 이안을 잡아서 죽이는 것만이 그가 생각하는 모든 것이었고, 화는 도가 지나칠 정도로 머리끝까지 솟구쳐 올랐다.

'이쯤에서 한 방!'

이안은 최고 속도로 쫓아오는 칼리엄 공작이 조금씩 처지자 적군의 공성 병기를 부수는 척하면서 일부러 뒤를 잡혀줬다. 그러자 득달같이 달려든 칼리엄 공작이 분노를 담아 일검을 쳐냈다.

'반전!'

그대로 몸을 뒤집으며 역으로 신형을 돌린 이안은 칼리엄 공작의 아래쪽으로 파고들었다.

"이, 이놈!"

"걸렸다! 흐랏!"

쉬릿! 콰직!

이안의 날카로운 검세가 칼리엄 공작의 비행체를 정확하게 반으로 갈랐다. 오러 소드가 칼리엄 공작의 발까지 노리고 쪼개 들어가자 그는 어쩔 수 없이 공중으로 신형을 띄웠다.

"이이! 가만두지 않겠다!"

칼리엄 공작이 지면으로 내려서며 길길이 날뛰었다. 이안을 잡을 수 있는 수단인 비행체를 잃어버렸으니 공중에서 떠다니는 이안에 분통만 터트리는 거였다.

"비행 원반 역소환!"

이안은 지상으로 내려서며 비행 원반을 아공간에 담았다. 그러자 길길이 날뛰던 칼리엄 공작은 눈을 동그랗게 뜨며 검으로 그를 가리켰다.

"어라! 네놈이 드디어 미쳤구나. 비행체를 포기하고 땅에 내려오다니 말이다."

"그러게. 미쳤는지는 두고 보면 알겠지. 덤벼!"

이안은 칼리엄 공작과의 정면 승부를 솔직히 기대하고 있었다. 자신이 마계에서 깨달은 그 방법들이라면 어느 정도는 대등하게 싸움을 이끌어 나갈 수 있다는 자신감도 있었고 말이다.

"크크크! 이번에는 정말로 죽여주마. 타앗!"

칼리엄 공작이 기세 좋게 공중을 날아 이안에게로 날아들었다. 분노가 쌓여 있었던 터라 공간 제어고 나발이고 무조건

찢어 죽이고 말겠다는 일념만으로 가득했다.

'온다… 내가 깨달은 그 능력의 시험대다.'

이안은 감각을 극도로 일깨우며 검 한 자루에 자신의 모든 것을 실었다. 그리고 오러를 폭발시키며 칼리엄 공작에게로 마주쳐 나갔다.

"헛! 이런……."

칼리엄 공작은 흐릿한 잔상을 무수히 일으키며 마주쳐 오는 이안의 돌진에 깜짝 놀랐다. 그도 육체의 능력을 최대한 활용하여 돌진하는 기술이 있었지만 저 정도는 아니었다.

"이거 무섭구면."

칼리엄 공작은 자신이 조금 당황했다는 것을 들키지 않으려 최대한 진중하게 검을 놀렸다. 빠른 돌진에 대응하는 방법은 오히려 속도를 더욱 늦춰서 간결하게 상대의 공세를 끊는 것뿐이었다.

'까다롭네. 어디로 움직일지 예측이 불가능해.'

칼리엄 공작은 느리게 움직이면서도 마나를 사방으로 이리저리 흘렸다. 그 마나가 움직일 때마다 공작이 움직이는 듯한 착각을 불러일으켰기에 어디로 튈지 예측이 불가능해졌다.

'공간의 제어도 이런 식으로 부술 수 있었군… 역시 연륜은 속이지 못하는 것인가?'

이안은 칼리엄이 느릿느릿 움직이면서도 자신의 공세를 간결하게 막아가는 것에 눈빛을 빛냈다.

싸우면서도 배워야 하는 것이었다. 칼리엄의 검술과 운용 능력은 이안의 경지를 훨씬 뛰어넘는 것이었다. 단지 그가 휘두르는 간결한 검세들이 미치기 전에 이안이 빠져나갔기에, 헛심을 쓰듯이 검을 휘두르며 치열하게 싸우는 것처럼 보일 뿐이었다.

'이러다가는 내가 먼저 지쳐서 나가떨어지겠어.'

이안은 빠른 움직임을 위해서 오러를 폭발시키듯이 쏘아 냈다. 덕분에 칼리엄 공작에 비해서 더욱 많은 마나를 소비하고 있었다. 물론 칼리엄 공작도 자신을 속이기 위해서 무수한 마나를 뿌리고 있는 것은 마찬가지였다. 그래도 먼저 마나가 떨어지는 쪽은 자신이 될 것이었다.

'승부를 봐야 한다. 이대로 질질 시간만 끌 수는 없다.'

이안은 조금씩 승부를 내야 한다는 것에 독한 마음을 먹기 시작했다. 그리고 믿는 구석이 하나 더 있었는데 그것은 바로 레이첼이 남긴 아티팩트였다. 목숨이 경각에 달하면 자신이 원하지 않아도 발동되는 앱솔루트 실드는 딱 한 번 칼리엄의 검에서 자신의 목숨을 지켜줄 수 있을 것이었다.

'도박을 건다. 잘리지만 않는다면… 아니, 팔 하나쯤 잘려도 손해는 아닐 터!

잘린다고 해도 성녀인 아이린이 있으니 그녀가 붙여줄 것이었다. 오랜 시간 원래대로 돌아올 때까지 고생을 좀 하겠지만 불구가 되는 것은 아니니 상관없다는 생각이었다.

"아주 재미있어. 크크크!"

칼리엄 공작은 점점 시간이 지날수록 이안의 움직임과 속도에 적응을 해갔다. 처음에는 위험한 상황도 여러 번 겪었지만 이제는 효과적이라고 할 정도로 이안의 공격을 막아냈다. 생각해 보면 움직임만 빨라졌을 뿐 검세의 위력이 강해진 것은 아니었다. 그러니 칼리엄 정도 되는 검사라면 적응을 하는 것도 무리는 아니었다.

'그래도 자신이 먼저 움직여서 나를 공격하지는 못한다. 속도가 현저하게 뒤지는 상황이니.'

지금 칼리엄의 문제는 검세를 몸의 움직임이 받쳐주지 못한다는 것에 있었다. 이전이라면 초인적인 속도라고 하겠지만 초인의 범주를 벗어난 이안은 규격 외의 속도를 가지고 있었다.

'잠깐… 칼리엄이 내 공간 제어를 교란시키는 수법이 답이다. 이제까지는 몸으로 상대의 감각을 속이려고 했었지만 그것이 전부가 아니잖아.'

이안은 칼리엄이 자신의 공간 제어를 교란해서 움직임을

제한하는 그 수법을 조금씩 자신의 것으로 만들기 시작했다. 왼쪽으로 치고 들어가기 전에 오른쪽으로 마나를 쏘아내며 그쪽으로 가는 것처럼 위장한 것이다. 그렇게 서서히 마나를 쏘아내는 개수를 늘리자 칼리엄의 반응이 조금씩 느려지기 시작했다.

"으득… 내가 드래곤 새끼를 키워주는 셈인가? 크하하하!"

칼리엄 공작은 이안이 자신의 수법을 배워서 활용하자 유쾌한 듯이 웃음을 터트렸다. 지금껏 많은 제자들을 키웠지만 이렇게 단시간에 자신을 곤란하게 만드는 존재는 처음이었던 것이다.

"그래 봤자 나를 이기지는 못한다! 흐압!"

칼리엄은 자신의 감각에 혼란을 일으키는 이안의 마나들을 걸러내며 강한 반격을 가했다. 최소한의 거리만 빠르게 이동하며 이안이 달려드는 곳을 노려서 거센 검세를 뿜어냈다.

'한 번에 폭발시킨다. 안정적인 운용을 위해 오러의 낭비를 지양했지만… 한번에!'

이안은 칼리엄 공작의 제공권 안으로 뛰어들어 10여 개의 마나를 흘렸다. 각기 다른 방향으로 쏘아지는 마나의 흐름을 칼리엄 공작이 인지했을 무렵 오러를 폭발시키며 쇄도해 들어갔다. 잔상이 흐릿하게 남아 대여섯 명의 이안이 허공을 격하고 날아드는 착각마저 불러일으키는 움직임이었다.

"헛!"

이제껏 경험하지 못했던 공세에 칼리엄 공작은 순간적으로 당황했다. 쏟아진 마나의 움직임과 그것을 뚫고 들어오는 또 다른 강렬한 환영이 남기는 감각에 당황한 것이다.

"죽엇!"

이안은 목숨을 걸고 칼리엄 공작의 급소를 노렸다. 왼팔 정도는 칼리엄에게 잘릴 각오를 하고서 독한 검세를 날렸다.

'미친!'

칼리엄은 마지막 순간 이안이 동귀어진을 하려고 한다고 착각했다. 그만큼 삼엄함이 묻어 있는 검세는 독하게 자신의 머리를 노리고 날아들었다.

"돌아가라!"

칼리엄은 어떻게든 이안을 물리치고 살아남기 위해서 모든 마나를 끌어냈다. 거대해진 그의 검이 머리를 향해 날아드는 이안의 검세와 거세게 충돌을 일으켰다.

'허초!'

머릿속에 그려지는 허초라는 생각이 들 때 이안의 검은 수십 번의 변화를 일으키며 칼리엄의 검세를 미끄러지듯이 파고들었다.

"지독한 놈!"

같이 죽자는 식의 검술이었다. 파고들어 온다고 하지만 그

틈이 너무도 작았다. 결국 자신의 검에 이안의 몸통이 그대로 잘라져 나갈 것이었다.

'피한다!'

칼리엄은 이긴다고 하더라도 자신의 심장이 반쯤은 잘라질 거라 생각했다. 그 짧은 순간 판단을 내린 그는 초인적인 능력으로 몸을 움직였다. 대각선으로 물러서 쭉 뻗듯이 검을 밀어 견제하며 자신의 몸을 보호했다.

슈칵!

"크윽!"

떨어져 내리는 이안의 검이 심장이 아닌 칼리엄의 옆구리를 베고 지나갔다. 그대로 물러선 칼리엄은 낭패한 모습으로 이안을 살폈다.

'분명 잘라냈거늘… 으득!'

분명 자신의 검이 이안의 왼쪽 어깨부터 갈랐다고 생각했다. 느낌도 그렇고, 검에 전해진 저항력도 그렇다는 것을 알려왔다. 그런데 이안의 몸은 아무런 타격이 없는 듯 쌩쌩한 모습이었다. 단지 조금 하얗게 질린 안색이 거의 모든 마나를 소진했음을 보여주는 것이 위안이라면 위안일까?

'빌어먹을… 내가 당하다니……'

칼리엄 공작은 자신의 상태가 굉장히 좋지 않음을 느꼈다. 옆구리에 난 검상을 통해 내장이 곧 쏟아져 나올 것처럼 느껴져 손으로 틀어막고 있는 중이었다.

'물러서야 하는가? 으득…….'

칼리엄은 물러서야 할 때라는 것을 느꼈다. 자신에게 검상을 입힌 이안의 안색도 창백하게 질린 것을 보면 내상을 입은 듯이 보였지만, 겉으로는 쌩쌩했다. 그러니 이대로 계속해서 싸운다고 해도 자신이 이긴다는 보장이 없었다. 피를 많이 흘릴 것이니 시간이 흐르면 흐를수록 자신이 불리해질 것이다.

"흐랏! 죽여주마!"

이안이 독한 일갈을 날리며 재차 신형을 튕겼다. 이전의 움직임보다는 현저하게 눈으로 확인이 가능한 속도였지만 칼리엄은 오러의 운용이 부드럽지 못한 것에 뒤로 물러섰다.

"오늘은 여기까지 하지. 네놈 역시 부상을 입은 것은 마찬가지로 보이니까."

카앙! 카드드드등!

마지막 일격을 서로에게 날린 두 사람은 강한 충격에 뒤로 사정없이 밀려났다.

"크으… 젠장…….'

이안 역시 자신의 마나가 거의 소모되었음을 느끼고 이를 바드득 갈았다. 지금이 아니라면 칼리엄을 제거하는 일이 요원할 수도 있다는 생각 때문이었다. 그러나 다른 한편으로는 이기지는 못해도 이런 식으로 비기는 승부는 가능할 거라는 낙관적인 마음이 생겨났다.

"다음에 보지. 늙은이!"

이안이 이를 바득바득 갈며 하는 말에 칼리엄은 뒤도 돌아보지 않고 신형을 튕겼다. 그가 본진 쪽으로 사라지자 이안은 비행 원반을 타고 도로 요새로 돌아갔다. 이미 싸움은 점입가경으로 치달아가는 중이었다.

"레이너 준장이 돌아옵니다!"

부관의 외침에 그레그 소장은 강렬한 안광을 빛냈다. 칼리엄 공작과 맞상대한 그가 비행 원반을 탄 채 돌아오는 것을 보면 이기거나 최소한 무승부라도 이룬 것이 분명했다.

"지금이다. 기간트 부대를 출동시키도록!"

"네? 기간트 부대를 말씀이십니까?"

부관은 그레그 소장의 명령에 화들짝 놀란 얼굴로 되물었다. 상명하복의 군대에서 절대 해서는 안 될 일이지만 그만큼 어처구니없는 명령이었다.

"내 말이 안 들리나! 기간트 부대 돌진시켜! 적진을 공격한다!"

"하, 하지만……."

부관을 비롯한 지휘부를 이루는 장군들은 모두 그레그 소장의 명령에 뜨악한 표정으로 만류하려 나섰다. 안 그래도 부족한 기간트 전력이었다. 그 전력마저 잃는다면 2군단은 독립여단의 지원이 없을 경우 적들과 싸울 방법 자체가 사라지는 셈이었다.

"불가합니다."

"장군, 제고를 해주십시오!"

2군단 소속의 장군들 모두가 그레그 소장의 명령에 반기를 들었다. 30여 대에 불과한 기간트들을 잃을 수 없다는 절박함이 묻어 있는 그들의 모습에 그레그 소장은 분통을 터트렸다.

"무엇이 그렇게 그대들을 겁먹게 했는가!"

"장군……."

"군인이 전장에서 싸우다 죽는 것은 명예로운 일이다. 싸우지도 못하고 적들에게 조국의 강산을 유린당하는 걸 지켜보는 것보다 치욕스런 것이 또 어디 있다는 말이냐."

그레그 소장의 일갈에 모두는 입을 굳게 다물었다. 지금의 독립여단과 이안의 사병들이 주축이 되어 싸움을 하고 있었다. 요새의 성벽에서 적 기간트들과 목숨 걸고 싸우는 자들도 독립여단이었다.

"그 말씀이 맞습니다. 기간트를 출동시키십시오. 하아…하아……."

지친 모습으로 어느새 돌아온 이안이 기간트를 출동시키라는 말을 거들었다.

"레이너 준장……."

"적진을 뚫고 나가기만 하면 됩니다. 싸우지 말고 회피 기동을 한다고 생각하시면 됩니다."

"응? 그건 또 무슨 말인가?"

"기간트로 적진을 뚫으면 적 기간트들도 후퇴할 수밖에 없습니다. 그때 샤베른으로 저들을 도륙할 겁니다. 그러니까 미끼 역할만 해주시면 된다는 뜻입니다."

"아! 알겠네. 모두 들었는가?"

"예, 장군!"

"어서 기간트를 출동시켜!"

"명!"

2군단 소속의 기간트들은 이안의 말에 용기를 얻었다. 회피 기동만이라면 얼마든지 할 수 있는 실력이 되었으니 말이다.

"수고 많았네. 그런데 칼리엄 공작과의 승부는 어찌 되었나?"

"하아… 한동안 싸움에 나오지 못할 겁니다. 옆구리를 갈라 버렸으니까요. 후후!"

"오! 정말 대단하네, 대단해."

젊은 이안이 대륙제일검이라고 불리던 칼리엄 공작의 옆구리를 베었다고 하니 그레그 소장은 자신의 심장이 요동치는 느낌이었다.

"그나저나 잠시 쉬게. 상태가 많이 안 좋아 보이니."

"그럴 시간 없습니다. 기간트 부대가 돌진을 시작하면 그들과 함께 움직일 생각입니다."

"으음… 괜찮겠나?"

"몸이 부서져도 해야죠. 지금이 가장 중요한 순간이니까요."

"알겠네, 미안하지만 부탁하겠네."

"네, 그럼!"

이안은 그레그 소장에게 짧게 경례를 한 후 기간트 부대가 출동하려는 곳으로 달려갔다. 이미 30여 대의 기간트들이 긴장 속에서 요새의 문이 열리기만 기다리고 있었다.

"라피드 소환!"

후웅! 스파아아앗!

라피드의 거대한 몸체가 마법진 속에서 일어나며 무시무시한 기세를 흘렸다. 그 모습을 본 기간트 라이더들은 라피드가 어디서 나왔는지 몰라 어리둥절했다. 그러나 이안은 자신이 7서클을 이룬 것을 감안하고 벌인 일이었다. 7서클부터는 아공간을 만들 수 있으니 자신의 아공간에서 꺼낸 것으로 둘러댈 생각이었다.

"내 아공간에서 나온 것이니 두리번거릴 것 없다."

─아! 마도사가 되셨군요. 경하드립니다.

─경하드립니다!

라이더들은 이안이 7클래스의 마도사가 되었다는 것에 무척 기뻐했다. 마스터인 그가 7클래스까지 이루었으니 그가 이끄는 한 자신들이 살 확률도 늘어날 것이기 때문이었다.

"라피드 탑승!"

이안은 라피드의 마법진이 만들어낸 공간의 틈으로 빨려 들어 갔다. 그리고 다시 모습을 드러낸 라피드의 조종석에서 이안은 힘찬 목소리를 토해냈다.

"라피드 기동!"

─마스터의 탑승을 환영합니다. 마나 코어 온! 동기율 체크!

빠르게 체크가 이루어지고 96%의 동기율로 체크가 끝나자 바로 기동에 돌입했다.

"내가 선두에 선다! 성문을 열어라!"

"추웅!"

쿠궁! 기기기기기깅!

거대한 철문이 좌우로 벌어지며 열렸다. 그러자 미친 듯이 성문을 부수기 위해 달려들던 적병들이 거대한 마신의 형상을 하고 있는 라피드를 발견했다.

"으아아아! 적 기간트다!"

"피, 피해라!"

아우성을 치며 도망치는 적병들을 향해 이안의 라피드가 저돌적인 돌진을 해나갔다.

"모두 쓸어버린다. 나를 따르라!"

―우오오오오오오오!

기간트들이 일제히 적병들을 향해 돌진해 나가자 성문을 부수려고 몰려 있던 적들은 피하지도 못하고 기간트의 발에 차여 죽어나갔다.

"바로 적진까지 밀고 나간다. 전속 기동!"

쿠쿠쿠쿠쿠쿠쿠쿠쿵!

이안의 라피드를 선두로 30여 대의 젤러스와 라페스트들이 우르르 몰려 나갔다. 그들은 막아서는 것들을 모조리 분쇄하며 돌진을 거듭했고, 좌우에서 기간트들이 그들을 막기 위해 몰려들었다.

2장

모조리 잡아주지

　30여 대의 기간트들이 모두 빠져나가자 요새의 성문은 도로 굳게 닫혔다. 적병들로 가득했던 공간이 뻥 뚫리며 적진을 향해서 길이 만들어지기 시작했다.

　―락토르의 기간트들을 막아!

　―절대 뚫려서는 안 된다. 몸을 던져서라도 막아라!

　기간트 라이더들은 요새의 성벽 위로 올라가기 위해 미친 듯이 싸우다 갑작스런 사태에 당황했다.

　'초기 대응이 느리군.'

　워낙 넓게 진형을 벌린 탓에 크리스토퍼 대공군의 기간트들이 몰려들려면 시간이 걸릴 것이었다. 좌우에서 몇 대씩 빠져나와 이안의 라피드를 향해서 달려왔지만 그 숫자는 모자라도 많이 모자랐다.

─저놈은 내가 막는다. 다른 대원들은 견제를 부탁한다!

─맡겨주십시오.

보통 기간트는 5대가 1개의 조로 이루어진다. 조장들은 중급 이상의 라이더들로 구성되고 전투 경험도 풍부했다. 오랜 시간 합을 맞춰온 것이 눈에 띌 정도로 대형 유지와 견제에 대한 것들이 뛰어나 보였다.

─대공군의 라이더 시드란이다. 네놈의 정체나 알자!

"이안 레이너 준장이다. 무운을 빈다!"

이안은 기세를 중요시하는 타입이었다. 기세를 올리는 방법 중에 가장 확실한 것은 적을 압살하는 모습을 부하들에게 보여주는 것이었다.

─미, 미친…….

이안이 이상한 기간트를 몬다는 정보가 대공군에게도 알려져 있기는 했다. 그래도 설마 했던 대공군의 라이더는 당황하는 모습을 보였다. 자신도 모르게 뒤로 주춤거린 것인데 그 틈을 놓치지 않고 이안의 라피드가 득달같이 달려들었다.

쉬잇! 콰직!

오러를 사용할 수는 없었지만 라피드의 힘과 스피드는 기존의 워리어급 기간트로 상대하기에는 너무도 벅찬 것이었다. 그대로 심장 부위를 꿰뚫린 기간트가 무너져 내리자 주위에서 대형을 갖추던 기간트들이 기겁하며 뒤로 물러섰다.

"모두 덤벼라! 단칼에 죽여주마!"

이안이 강렬한 호통을 터트리며 성난 사자처럼 기간트들을 덮쳐갔다. 이미 라피드의 강력한 움직임과 위력에 기가 질린 라이더들은 허둥거리며 이안의 공격에 맞섰다. 그러나 필사적으로 싸워도 모자랄 판에 그런 대응을 하는 것은 죽여 달라고 목을 내미는 것과 다를 바 없었다.

콰직! 콰드드둥!

라피드의 손에 들린 거검이 푸른빛을 허공에 그릴 때마다 1기의 오시리스가 파괴되며 지면과 조우를 해야 했다.

─와우! 5기가 순식간에 쓰러져 버리네.

─레이너 준장님은 기간트 마스터시다.

─그건 당연한 이야기고. 저런 동작을 할 수 있는 이는 기간트 마스터밖에 없다고.

뒤를 따르던 라이더들은 이안이 앞장서서 5기의 오시리스를 완파해 버리자 호들갑을 떨며 기세등등해졌다. 이안이 앞장서는 한 자신들은 무조건 승리할 거라는 확신이 서자 그 기세는 하늘을 찌를 듯이 치솟아 올랐다.

"이대로 돌파해서 적진을 뚫는다. 가자!"

―추웅!

　라이더들이 모는 기간트들의 속도에 맞춰서 이안은 급속 기동으로 적진을 향해 내달렸다. 닥치는 대로 거검을 쓸어내며 초토화시키는 그의 움직임에 크리스토퍼 대공군은 둘로 쪼개져 갔다.

　뿌웅! 뿌웅! 뿌우웅!

　퇴각을 알리는 뿔고등 소리가 전장을 울리고 요새를 넘기 위해서 필사적으로 싸우던 대공군은 피해를 감수한 채 퇴각해야 했다. 특히 샤베른들과 치열하게 싸우던 기간트들의 피해는 기하급수적으로 늘어났다.

　"마동포 발포!"

　"어딜 가느냐. 죽엇!"

　빠방! 뻐버버버버버벙!

　절반이 넘게 파괴된 샤베른들은 악에 받쳐서 퇴각하는 기간트들의 등판에 마동포를 날렸다. 방패로 막으며 밀고 들어왔을 때는 그나마 나앗지만, 이렇게 무방비 상태로 등을 내준 결과는 아주 혹독하게 돌아왔다.

　―크악!

　―사, 살려줘!

　한 번의 포격으로 30여 기의 기간트가 파괴되었고, 결국 100여 기도 남지 않은 기간트들이 미친 듯이 도주했다. 이 싸움으로 대공군의 기간트 전력이 절반으로 떨어져 버린 것이다.

"마동포 재장전!"

"준비되면 바로 갈겨!"

샤베른 조종사들은 이를 갈아붙이며 적 기간트들을 부수기 위해 혈안이었다. 이미 동료들의 절반 가까이 잃은 그들은 복수에 불타오르고 있었다.

퍼펑! 뻐버버버버버벙!

2차 사격이 가해졌고, 도주하던 기간트들은 그 사거리를 벗어나지 못하고 또다시 10여 대가 주저앉았다. 그렇게 피해를 입고 난 이후에야 겨우 사거리를 벗어난 그들은 대공군 진영을 휩쓸고 있는 이안과 휘하의 라이더들을 잡기 위해 내달려야 했다.

'오러를 사용할 수는 없으니 마법만으로 상대를 해야겠군.'

그나마 라피드의 권능이 뇌전에 관한 것이라 마법과는 상성이 아주 좋았다. 라이트닝 스톰을 라피드를 통해서 발출하면 방원 200미터에 달하는 지역이 뇌전의 지옥으로 변해 버렸다.

"도망쳐!"

"으아아! 지옥이다. 지옥이 강림했다!"

미쳐서 날뛰는 병사들은 그 어떤 방법으로도 통제가 불가능했다. 마법 한 방에 적어도 500여 명이 죽어나가는 것은 둘째로 치고도, 뇌전이 휩쓰는 시각적인 효과가 정신 줄을 놓게 만들었던 것이다.

"물러서지 마라. 물러서는 놈은 즉참한다!"

"마왕이야, 마왕이라고!"

"이런, 쌍!"

지휘관은 물러서는 병사를 베며 도주하면 죽는다는 것을 보여주었다. 그러나 그것이 오히려 병사들의 반감을 더욱 크게 부추겼다.

"이왕 죽을 거 같이 죽자!"

"죽여 버려! 으아아아!"

병사들이 막아서는 지휘관들을 향해 창을 겨눴다. 죽고 죽이는 사태가 벌어지자 아비규환으로 변해 버린 대공군 진영은 더욱 걷잡을 수 없는 상황으로 치달았다.

"주, 주군! 피하셔야 합니다. 주군!"

놀란 백작이 침통한 외침을 토함에도 크리스토퍼 대공은 와인 잔을 고상하게 들어 올렸다. 호로록 소리가 나도록 와인을 음미하던 대공은 마지막 한 방울까지 모두 들이켜고 난 후에야 자리에서 일어났다.

"쯧… 이렇게도 인재가 없다니. 쯧쯧쯧!"

혀를 차는 소리에 놀란 백작을 비롯한 대공군의 지휘관들이 고개를 숙이며 입술을 지그시 깨물었다.

"마법병단이 있는 곳으로 간다. 나머지는 저들을 처리하도록!"

"명을 받들겠습니다."

놀란 백작을 비롯한 지휘관들은 대공이 자신들에게 마지막으로 주는 기회라는 생각에 숙였던 고개를 들었다. 그들은 대공이 마법병단이 있는 곳으로 이동하는 것을 본 후에야 검을 뽑아 들고, 다시 이안이 달려오고 있는 곳으로 내달렸다.

'지휘부가 저기인가?'

이안은 라피드를 몰아서 급속 기동으로 종횡무진 휘몰아치며 다음 목표를 빠르게 찾았다. 그의 눈은 적진의 대응 상태에 맞춰서 최대한 많은 타격을 줄 수 있는 곳을 찾는 데 주력했다.

"적 지휘부를 바로 치고 빠진다. 동동남으로!"

―명!

라이더들은 신이 나서 외쳤다. 적진을 완벽하게 휩쓸고 있는데 막아설 적 기간트들이 없으니 위협이 될 것도 사실상 전무했다. 그러니 삼각 대형을 갖춘 채 그대로 밀고 나가면 그만이었다.

─전속으로 달려라! 코어가 터져도 달려!

─지휘부가 뚫리면 끝장이다. 달려!

피해를 감수하며 후퇴한 대공군의 기간트들은 100여 기가 채 되지 않는 숫자가 남은 상태로 이안을 향해 달려왔다. 거리가 제법 됐지만 적들을 공격하며 가는 이안들에 비해 속도는 훨씬 더 나왔다.

'바로 쫓아왔군. 어쩐다?'

적 기간트들이 뒤로 바짝 따라온 상황이었다. 이대로라면 뒤쪽부터 차례로 격파당할 가능성이 컸다.

'그래, 그렇게 하는 것이 좋겠군.'

이안은 독기 어린 미소를 흘리며 가장 안전하고 빠르게 도망갈 수 있는 곳을 찾았다.

"방향을 바꾼다. 남남동으로!"

─추웅!

이안이 갑자기 방향을 틀어 물러서는 적병들이 있는 곳으로 급속 기동했다. 그러자 라이더들은 대오를 유지한 채 그 뒤를 따라 미친 듯이 기간트를 몰아나갔다.

"라피드!"

─말씀하십시오, 마스터.

"이 안에서도 비행 원반을 공중으로 날릴 수 있나?"

─가능합니다.

"좋아. 그럼… 비행 원반 소환!"

이안은 비행 원반을 조종석 안에서 소환했다. 타고 날아다니는 용도가 아닌 공중에 떠서 적의 움직임을 관찰하는 용도로 만든 그 비행 원반이었다.

"이걸 밖으로 날려."

―비행 원반을 사출합니다. 텔레포트!

후웅! 스팟!

순식간에 비행 원반이 밖으로 사라졌다. 그러자 이안은 급히 비행 원반과 연결된 마법 수정구를 꺼내 들었다.

'가능할지 모르겠군. 잘돼야 할 텐데…….'

마법 수정구를 통해 조종을 하자 공중으로 비행 원반이 솟구쳐 올랐다. 그리고 일정 거리 이상으로 비행 원반이 올라가자 바로 멈춰 전장을 마법의 눈으로 관찰하기 시작했다.

"좋았어. 이 정도라면… 흐흐흐!"

음흉하게 웃는 이안은 마법 수정구를 통해 전장의 모습을 한눈에 볼 수 있었다. 이 정도라면 적들의 움직임을 모두 알아볼 수 있을 것이고, 그에 맞춰서 전술을 시시각각 변형시킬 수 있었다.

"토리 대령님! 토리 대령님!"

자신을 찾는 소리에 토리는 샤베른에서 뛰어내렸다. 적들은 모두 물러났고 사정거리 안에는 오로지 시체들만 남았을 뿐이었다. 그런 상황에서 자신이 할 일은 전장을 정리하고 다음 싸움을 대비하는 일이었다.

"무슨 일인가?"

"아! 거기 계셨군요. 이안 장군님의 마법 통신입니다."

"응? 이안이? 헐……."

지금 이안은 라피드를 몰고 적진을 관통하며 이리저리 도망 다니는 중이었다. 그런 상황에서 자신에게 마법 통신을 한다는 것에 어처구니가 없었다.

"나다."

―지금 당장 샤베른 몰고 적진을 공격해.

"뭐라고? 샤베른으로 공격을 하라는 거냐, 지금?"

―그래. 대공군 기간트들이 우릴 쫓느라 전장을 이탈해서 남쪽으로 내려온 상황이다. 그러니 대공군 진영에는 기간트가 없어.

"아… 그, 그렇겠구나. 바로 가면 되는 거냐?"

―바로 가. 아 참, 그리고 그 마법사 네 샤베른에 태우고 가라. 그래야 내가 물러날 시점을 알려주지.

"알았다. 바로 출전하마."

토리는 샤베른으로 적진을 휩쓸 생각에 순간 희열이 온몸으로 번져 나갔다. 기간트에 비한다면 손색이 있는 샤베른이라지만 일반 병사들에게는 재앙이었다.

"샤베른 조종사들은 모두 탑승하라!"

"네? 그게 무슨……."

"잔말 말고 탑승해. 레이너 장군이 적군을 공격하라는 명령을 내렸다.

"아, 네!"

"얼른 타자고. 장군님 명령이라잖아."

살아남은 샤베른은 40여 대의 구형 샤베른과 17대의 신형 샤베른이 전부였다. 절반에 가까운 샤베른이 파괴된 것으로, 조종사와 인력을 아깝게 잃었다. 그 분노를 담아 토리와 조종사들은 일제히 요새의 문을 열고 출전했다.

"좋아, 좋아… 아무도 없다 이거지. 흐흐흐!"

토리는 선두에서 샤베른을 몰아가며 적진의 상황을 빠짐없이 살폈다. 멀리서 둘로 나뉘졌던 적들은 이안과 그 부하들이 빠져나가자 다시 진영을 갖추는 것에 급급한 모습들을 보이고 있었다.

"철환을 빼고 마동포로 공격한다. 마동포 발포 준비!"

"철환을 빼라. 어서!"

"마동포 발포 준비 완료!"

신형 샤베른은 포신의 하단 부분에 있는 연결 부위만 빼내면 철환을 장착할 수 있었다. 덕분에 신속하게 철환을 제거하고 마동포를 발사할 준비가 끝났다. 물론 구형 샤베른은 조종사가 강철 팔을 움직여 철환을 제거하느라 고생을 해야 했지만 말이다.

"마동포 발포!"

"발포하라! 발포!"

쿠쿵! 쿠콰콰콰콰콰콰콰쾅!

50기가 넘는 샤베른들이 일렬로 도열해서 나아가며 마동포를 날렸다. 철환을 제거한 채 에어 블래스터 마법만 쏘아내는 것이라 사거리는 짧아도 범위 공격으로는 그 위력이 제법이었다.

"으아아악!"

"저, 적이다."

비명을 지르며 죽어나가는 대공군은 샤베른의 마동포 공격에 지리멸렬해 갔다. 에어 블래스터 마법의 유효 범위는 방원 30여 미터에 달했다. 그런 마법 공격이 한 번에 100여 발 떨어진 것이다. 전방에 위치했던 대공군은 순식간에 수천 명이 마법 공격에 당해 가루가 되어 소멸되어 버렸다.

'부지런히도 쫓아오는군.'

이안은 뒤를 맹렬하게 추격해 오는 대공군의 기간트 부대를 보고 입꼬리를 말아 올렸다. 전장에서 이탈하여 족히 몇

킬로미터는 더 지나쳐 온 상황이었다. 그럼에도 추격에 대한 의지를 불태우는 적들의 행동이 무척이나 기꺼웠다.

'계속 쫓아와라. 그래야 네놈들의 본진이 박살 날 테니까.'

샤베른의 공격력은 기존의 기간트와는 전혀 다른 방식이었다. 기간트끼리 맞붙는 것이라면 질 확률이 높겠지만 사람을 상대로 하는 거라면 기간트들이 오히려 몇 수 접어주어야 할 병기였다. 바로 마동포의 존재 때문이었다. 지금도 적진은 마동포 공격에 쑥대밭이 되어가는 중이었다.

―퇴각! 퇴각하라!

갑자기 쫓아오던 기간트 라이더들 중에서 퇴각을 외치는 이가 있었다. 지옥 끝까지 쫓아가서 박살을 내겠다는 의지를 다지며 쫓아가던 기간트 라이더들은 그 외침에 급히 기간트를 세웠다.

―무슨 일인가?

―놀란 백작님의 명령입니다. 본진이 위험하니 돌아오라는 명령이 내려왔습니다.

―으음… 알았다.

분하고 원통할 일이지만 본진이 위험하다고 하는데 어쩔 수 없는 노릇이었다. 라이더들을 이끄는 수장은 그 명령에 따라 퇴각을 결정했다. 그러나 본진을 어서 빨리 구해야 한다는 생각에 한 가지 놓친 것이 있었다. 바로 자신들이 추격하던 이안과 그 휘하의 기간트 부대였다.

'헐… 저것들 생각이 있는 놈들인가? 아니… 아니지… 우리쯤은 쫓아오든 말든 상관하지 않겠다는 뜻인가?'

생각해 보면 고작해야 30대에 불과한 기간트 전력이었다. 그러니 퇴각했을 때 쫓아온다고 해도 언제든지 요격이 가능한 전력일 뿐이었다.

'훗! 그렇게 생각해 주면 고맙지. 그럼!'

이안은 뒤도 돌아보지 않고 퇴각하는 기간트 부대를 보며 부대를 멈춰 세웠다.

"정지!"

―장군, 무슨 일이 있습니까?

라이더들은 이안이 부대를 세우자 곧바로 모여들며 물었다. 그들에게 이안은 퇴각하는 적 기간트 부대를 가리켰다.

"저들을 이제 우리가 추격한다."

―네? 아, 알겠습니다.

고작해야 30대지만 이안이 앞장선다면 질 거 같지는 않았다. 약간 걱정이 되는 정도여서 라이더들은 서둘러 이안을 따라 퇴각하는 적 기간트 부대를 쫓았다.

'한 놈씩 차례차례 썰어주마.'

이안은 급속 기동으로 퇴각하는 적들을 추격해 나가며 마법을 캐스팅했다. 오러를 사용할 마나는 거의 남지 않았지만 심장의 서클에는 마나가 가득했다. 마법으로 상대하는 거라면 라피드의 권능을 더했을 때 10여 대는 거뜬히 일격에 쓰러뜨릴 자신이 있었다.

"죽어라, 라이트닝 스트라이크!"

후웅! 파츠츠츠츠측!

강렬한 소성을 내며 내리꽂힌 뇌전이 맨 뒤쪽에서 기동하던 오시리스의 정수리를 강타했다.

―크아아아악!

비명을 토해내며 몸부림치던 라이더는 그 자리에서 즉사했고 기간트 역시 마나 코어가 터져 나가며 그대로 멈춰 버렸다.

―적의 공격이다. 회피 기동!

―대장, 어떻게 합니까? 이, 이런!

쿠쾅! 콰드드드드등!

또 한 대의 기간트가 이안의 마법 공격에 검은 연기를 피워내며 멈췄다. 일격필살의 마법 공격에 뒤쪽에서 회피 기동에 돌입한 대공군 라이더들은 반전하며 싸울 태세를 갖췄다.

―으득… 둘로 나눈다. 포른 남작이 절반을 데리고 적을 분쇄하도록!

―맡겨주십시오. 가자!

포른 남작이 모는 오시리스가 빠르게 후미로 치고 내려왔다. 그가 합류하자 바짝 긴장한 라이더들은 수적인 우위를 믿고 재차 반격에 나섰다.

'반으로 나눈다? 이건 기회다!'

절호의 기회가 주어진 셈이었다. 비록 수적인 열세는 여전하지만 50기가 채 안 되는 적이라면 충분히 물리칠 수 있었다. 부하들이 최대한 방어에 주력하며 방패의 역할을 하고, 자신이 적을 깨부수는 망치의 역할을 해낸다면 말이었다.

"방어 대형으로! 절대 먼저 공격하지 마라! 알겠나!"

ㅡ추웅!

라이더들은 이안의 능력을 절대적으로 믿었다. 자신들이 버티기만 하면 이안이 적들을 부술 것임을 말이다.

ㅡ삼각 대형으로 모여라!

ㅡ방패 앞으로!

라이더들이 3인 1조로 조를 나누며 대형을 갖췄다. 뾰족뾰족 튀어나온 형태로 둥글게 원을 그리며 대열을 만들자 제법 튼튼한 방어 진형이 완성됐다.

'저 정도라면 버티는 것은 충분할 터.'

오시리스의 장점은 기동력에 있었다. 체이스의 기간트인 라페스트가 장갑의 튼튼함을 바탕으로 한 묵직함이라면, 오시리스는 그 반대의 성향을 지니고 있었다. 그러니 공격력은 상대적으로 떨어지는 편이었고 방패까지 든 젤러스라면 방어만 할 경우 충분히 버텨낼 것이었다.

—적장은 나 포른 남작이 상대한다. 가자!

—좌우로 나눠서 뚫는다. 돌격 대형으로!

—우오오오옷!

대공군의 라이더들 역시 기합을 터트리며 달려왔다. 수적인 우위를 바탕으로 이겨낼 수 있다는 자신감을 내보였다. 그런 바탕에는 추격전에서 적의 꽁무니만 쫓던 분노와, 도망만 치던 이안군에 대해 깔보는 마음이 깔려 있었다.

'기선 제압이 중요하지. 그런 의미에서… 너부터!'

이안은 선두에서 맹렬히 치고 들어오는 포른 남작의 오시리스를 노렸다. 기간트용 렌스 두 자루를 양손에 하나씩 든 채 빠르게 달려오는 포른 남작의 기간트는 무척이나 흉험한 기세를 흩뿌리고 있었다.

—죽엇!

포른 남작의 기간트가 시차를 두고 라피드를 향해 렌스를 찔러 넣었다. 왼쪽 가슴을 노리고 그것을 피하는 동작까지 예상하여 좌측 하단부를 찌르는 연계 공격이었다. 빠르게 이루어진 그 공격에 이안은 라피드를 움직였다.

—어엇!

쉬잇! 콰직!

그대로 공중으로 뛰어오르며 하단 공격을 뛰어넘은 라피드가 포른 남작의 오시리스를 향해 유려한 발차기를 날렸다. 인간의 동작이라고 해도 믿을 만큼 날렵하고 힘찬 발차기에, 머리통을 얻어맞은 오시리스가 충격을 이기지 못하고 비틀거렸다.

"힘은 좋아! 흐압!"

비틀거리는 오시리스를 향해 재차 쇄도한 이안은 다리 뒤쪽의 관절을 걷어차며 2차 공격을 가했다. 뒤로 넘어지는 오시리스를 향해 다리를 들어 올린 후 그대로 찍어버렸다.

콰직! 콰드드드등!

강력한 발차기 공격이 가슴 부위를 그대로 부수며 바닥으로 찍어 눌렀다. 그리고 공중을 뛰어오르며 그대로 무릎 찍기로 대미를 장식했다.

―크아아악!

비명을 격하게 지르며 죽어가는 포른 남작과 파괴되는 오시리스의 모습에, 달려들던 라이더들은 공포에 질렸다. 저런 움직임을 보일 수 있는 자는 오직 기간트 마스터뿐이었고 이안이 그런 존재라는 것을 직감한 결과였다.

"잘 가라. 네놈의 부하들은 바로 보내주마. 흐랏!"

이안은 파괴된 오시리스가 들고 있던 두 자루의 렌스를 뺏어 들고 주춤거리는 적들을 향해 날렸다. 푸른 기운이 넘실거리는 렌스가 공간을 가르며 날아들어 그대로 멍하니 서 있던 오시리스의 심장을 관통했다.

—으으…….

—남작님이 당했다.

—어차피 이판사판이야. 공격해!

—으아아아아!

괴성을 지르며 달려오는 오시리스들을 향해 마주쳐 나간 이안은 곧장 마법을 캐스팅했다.

"라이트닝 스트라이크!"

후웅! 파츠츠츠츠츠츳! 콰아앙!

하늘에서 만들어진 뇌전이 그대로 땅으로 직격해 내리며 선두의 오시리스를 날려 버렸다. 검은 연기를 게워내며 쓰러지는 동료를 본 라이더들은 공포에 질려갔다.

"오라! 남김없이 쓸어주마!"

이안은 공포에 떨면서도 공격에 나서는 적들을 향해 무지비한 공격을 퍼부었다. 붕붕 날아다니는 라피드의 움직임을 잡지 못하고 허탕만 치던 라이더들은 차례차례 마나 코어가 파괴되며 무너져 갔다.

—나다.

"빨리 말해라. 지금 적군 쓸어내느라 바쁘다."

토리는 기간트가 없는 적진을 유린하느라 정신이 없었다. 같이 태우고 있는 마법사가 마법 수정구를 내밀지 않았다면 마동포를 날려 적들을 학살하는 일을 멈추지 않았을 것이었다.

―적 기간트들이 가고 있다. 물러서!

"벌써? 이런… 몇 대나 오는데?"

기간트들과 싸우는 거라면 샤베른이 불리한 것은 몇 번의 전투에서 입증된 바였다. 물론 숫자가 비슷하다면 회피 기동을 하며 야금야금 잡겠지만 숫자가 많으면 그것도 어려웠다.

―50대 정도 몰려간다. 일단 물러서라.

"끄응… 알았다. 상황 바뀌면 바로 연락 줘."

―이쪽에서 남은 놈들을 정리하면 너희들에게도 다시 기회가 올 거다. 일단 후퇴해서 기다리도록 해.

"알았다. 그럼!"

토리는 적들을 공격하던 것에 재미가 들려 있다가 그런 마법 통신을 받으니 흥이 깨져 버렸다. 그러나 일단 살아남은 샤베른을 잃을 수는 없었다.

"모두 물러나라! 적 기간트가 몰려온다!"

"대령님 명령이다. 물러나!"

샤베른들은 옆으로 명령을 전파하며 물러나라고 외쳐댔다. 그 덕분에 빠른 속도로 명령이 퍼졌고 일제히 뒤로 물러서기 시작했다.

'이대로 가는 것은 조금 아쉬운데… 어쩌지?'

토리는 이대로 물러서는 것이 조금은 아쉬웠다. 샤베른의 힘은 먼 거리에서 마동포로 기간트를 요격할 수 있다는 점이었다. 그것을 포기하고 꼬랑지를 만 채 도망간다는 것은 분명 아쉬운 일이기는 했다.

"일자 대형으로 서라!"

"추웅!"

샤베른들이 일자 대형을 맞추기 위해서 빠르게 움직이자 토리의 신형 샤베른은 그 중앙에 위치하며 적진을 바라본 채로 서서히 후퇴했다.

'어디서 오는 거냐… 어디서…….'

토리는 눈을 부릅뜨고 적 기간트들이 오는 곳을 찾았다. 쑥대밭이 된 적진의 후방에서 기간트들이 미친 듯이 달려오는 것이 보이기 시작했다.

'거기구나… 거리가 2㎞라… 그렇다면!'

토리는 도망갈 때 도망가더라도 거한 인사는 적들에게 하고 갈 생각이었다.

"뒷걸음으로 후퇴한다. 마동포에 철환을 장전하라!"

"마동포 장전 완료!"

"철환 장전했습니다!"

대원들이 우렁차게 대답하자 토리는 좌우를 훑어보며 마동포의 포신들이 향하는 방향을 살폈다.

'좋아… 어서 오너라… 그럼 네놈들에게 아주 멋진 선물을 남겨주마.'

토리의 눈이 반짝반짝 빛나며 적 기간트들이 달려오는 거리와 시간을 시시각각으로 쟀다. 그리고 1㎞의 거리 안쪽으로 적 기간트들이 들어오자 득달같이 외쳤다.

"포격하라! 적 기간트를 날려 버려!"

"마동포 발포! 발포하라!"

쿠쿵! 쿠콰콰콰콰콰콰쾅!

50여 대의 샤베른이 일제히 마동포를 날렸다. 신형 샤베른은 4개의 포신에서 일제히 백광을 뿜어냈고 검은 철환이 번개처럼 공간을 가르며 날아갔다.

"재장전하며 후퇴한다. 속도를 조금 더 올려!"

"추웅!"

샤베른 조종사들은 무주공산이 된 적진을 서서히 속도를 올리며 빠져나갔다. 뒤쪽의 요새에서 거대한 철문이 좌우로 열리며 후퇴할 공간을 마련해 주었다.

쎄에에에엑! 콰드등!

"으악! 적의 마동포 공격이다."

"이, 이런… 속도를 더 올려!"

토리는 갑작스럽게 날아든 철환에 샤베른 한 대가 피격당하자 이를 갈아붙였다. 어느새 대열을 정비하기 시작한 적군의 진영에서 병사들이 바퀴가 달린 거대한 마동포를 움직이는 것이 보였다. 철환이 겨우 날아올 정도의 거리였기에 마동포로 응사하는 것은 무리가 있었다.

퍼펑! 퍼퍼퍼퍼퍼퍼펑!

적진에서 굉렬한 굉음이 터지는 것에 토리는 마동포가 또다시 발사된 것을 알았다. 그러나 소리가 들려왔을 때는 이미 철환도 날아들고 있었다.

"방패로 막아! 막으면서 후퇴한다. 서둘러!"

"추웅!"

샤베른 조종사들은 철환이 날아드는 것에 어마뜨거라 하면서 방패로 앞을 가렸다. 정면으로 가리면 그 타격을 고스란히 받아야 했기에 비스듬히 들어 조종석을 가렸다.

콰앙! 콰직! 콰콰쾅!

"이크!"

"젠장! 팔이 날아갔어."

"앗싸! 방패 막기 성공!"

몇몇은 철환에 피격당해 샤베른의 일부분이 파괴됐지만 대다수는 방패로 막아내는 것에 성공했다. 절반 이상의 철환이 샤베른에 미치지 못하거나 넘어가면서 오발이 난 덕이 컸다.

"크크크! 미친 듯이 달려오는구나."

토리는 어느새 500미터 전방까지 달려온 적 기간트들을 보며 하얀 이를 드러냈다.

"반격한다. 마동포 발포!"

"발포! 발포하라!"

뻐벙! 뻐버버버버버벙!

살아남은 샤베른들이 일제히 포격을 가했다. 백광이 앞을 가리자 토리는 조종석의 레버를 조작하여 샤베른의 방향을 반대로 틀었다.

"지금부터 전속력으로 도망간다. 튀어!"

"추웅!"

샤베른들이 6개의 다리를 부지런히 놀리며 도망가기 시작하자 기껏 거리를 좁혀왔던 대공군의 기간트들은 분통을 터트려야 했다. 거리가 좁혀지지 않은 것은 물론이고, 요새에 가까이 붙자 성벽 위에서 마동포의 철환이 벼락 치듯이 날아든 탓이었다.

3장

왕성까지 가자고!

마지막 샤베른까지 철문을 통과하자 수백 명이 달려들어 철문을 좌우에서 밀었다. 철문이 굳게 닫히자 곧바로 샤베른이 강철로 만들어진 빗장을 내려서 걸었다.

쿠웅!

강렬하고 묵직한 굉음이 터지고 난 후에야 샤베른을 조종한 토리는 긴 한숨을 내쉴 수 있었다.

"후아… 엄청난 싸움이었다. 휘유!"

"흐흐흐! 대령님, 대승입니다. 대승!"

"맞습니다. 족히 만 명은 넘게 죽인 거 같습니다."

한 번의 출격으로 만 명이 넘는 적병을 쓸어버린 대승리였다. 아직도 이안과 그 휘하의 기간트 부대가 밖에 남아 있었지만 충분히 자기 몸은 간수할 수 있을 것이었다.

"아차! 이럴 때가 아니다. 성벽 위로 올라간다. 서둘러!"

"아! 네!"

조종사들은 쉬지도 못하고 곧장 샤베른을 조종해서 다시 성벽 위로 올라갔다. 기간트 캐러밴을 타고 올라가는 일이라 금방 올라갈 수 있었다.

'마동포 때문에 쉽게 오지는 못하는군.'

성벽 아래에는 여전히 적들의 기간트 캐러밴이 놓여 있었다. 캐러밴을 움직이는 자들은 처음 기간트가 넘어올 때 모두 도망간 터라 방치되어 있었다.

"적들이 오지 못하는 거 같으니 조종석 주변에서 쉬도록!"

"으갸갸갸! 죽는 줄 알았네."

"에고고! 방광이 터지는 줄 알았다니까. 히히히!"

병사들은 참았던 소변을 보기 위해 조종석에서 내려 성벽의 아래를 향해 바지춤을 끌러 내렸다. 그리고 시원한 물줄기를 적군의 기간트 캐러밴을 향해 분출했다.

"아웅! 얘들 뭐하는 거야? 우웅? 꼬리가 다 앞에 달렸다. 헤에!"

토리는 갑작스럽게 들리는 에일리의 음성에 화들짝 놀랐

다. 이안의 가디언인 에일리는 토리를 비롯한 친구들이 여왕처럼 받드는 존재였다.

"에, 에일리! 여긴 어쩐 일이야?"

에일리는 이안과 함께 돌아왔지만 칼리엄 공작을 막기 위해 급하게 출전한 이안 때문에 비공정을 지키고 있었다. 그러다 아레나의 던전에서 가지고 온 의문의 상자를 전달하라고 했던 이안의 명령이 생각나 뒤늦게 온 것이었다.

"아웅! 주인이 이거 주라고 했다."

"이안이? 뭔데?"

"가지고 와!"

"예, 대장!"

충직한 목소리로 대답한 수인족 전사들이 끙끙거리며 들고 오는 것은 무척 커다란 나무 상자였다.

"주인이 이거 보면 안다고 했다."

"그래? 이리 줘."

토리는 에일리로부터 몇 장의 양피지 서류를 받아 들었다. 서류에는 상자 안에 담긴 신형 철환에 대한 것이 적혀 있었다.

"호오… 이거 봐라?"

토리는 신형 철환, 아니, 포탄이라고 불리는 새로운 무기에 눈빛을 강렬하게 빛냈다.

"주인이 이거 떨어뜨리면 즉사한다고 전하랬다. 알아들었지?"

"응? 아! 알았다. 돌아가도 좋아."

"헤에, 그럼 나 간다."

에일리는 상자를 모두 옮겨놓은 후 수인족들에게 손짓으로 신호를 보내며 외쳤다.

"비공정으로 가자."

"네, 대장!"

수인족들은 에일리를 충직하게 따랐다. 이미 그들 역시 아레나의 가디언이 되어 있었기에 정신적인 세뇌가 완벽하게 이루어져 있었다.

"이게 뭔가요?"

"그러게… 생긴 것이 참 요상하게 생겼네."

에일리 덕분에 소변을 끊어야 했던 조종사들은 토리가 상자를 살피는 곳으로 다가와 한마디씩 했다.

"이거 마동포로 쏘는 신형 포탄이다."

"포탄이요? 철환이 아니고 말씀이십니까?"

"그래. 이건 폭발하는 마법 스크롤이 내장된 포탄이다. 포탄!"

"아… 마법 스크롤 말씀이십니까. 휘유……,"

마법 스크롤이 어떤 물건인지 병사들도 익히 알고 있었다.

레인저들이나 지급받는 마법 스크롤은 분대 정도는 가볍게 날려 버릴 수 있는 마법 아이템이었다. 귀한 것이기에 일반 병사들에게는 그림의 떡이나 마찬가지인 물건이기도 했다. 그래도 마법 스크롤에 대해서 알고 있으니 설명을 할 시간은 줄일 수 있었다.

"마법 스크롤에 대해서 안다니 다행이다. 이 포탄은 떨어뜨리면 그 즉시 안에 내장된 스크롤이 찢어지며 폭발하게 만들어졌다. 그러니 어떻게 해야겠나?"

"네? 그, 그럼… 떨어뜨리면 죽겠네요."

"맞다. 아기 다루듯이 다뤄야 할 거다. 다들 알겠나?"

"네! 대령님!"

조종사들은 아기를 다루듯이 해야 한다는 토리의 말에 바짝 긴장하며 포탄을 바라봤다.

"모두 10발씩 포탄을 가져가라. 절대 떨어뜨리지 않도록 주의하고. 알겠나!"

"네!"

조종사들은 포탄이 든 상자를 다른 병사들의 도움을 받아서 옮겨 실었다. 철환에 비해 절반도 나가지 않는다 해도 10발이 든 상자인 탓에 혼자서는 절대 들 수 없는 무게였다. 가까스로 포탄 상지를 샤베른에 싣는 것을 본 토리는 곧바로 포탄을 마동포에 장전하며 우렁찬 외침을 토했다.

"포탄을 장전하라!"

"포탄 장전! 포탄을 장전하라!"

복명복창하며 포탄 장전을 외친 병사들이 공을 들여서 포탄을 마동포에 장전하자, 곧 장전이 준비된 샤베른부터 장전 완료를 외쳤다.

"발사각 35도! 발사각 35도로 수정하라!"

"발사각 35도 수정 완료!"

"발사 준비 끝!"

각 포수들이 발사 준비를 완료하고 복창하는 소리에 토리는 좌우를 살피며 발사각이 제대로 됐는지 확인했다.

'35도로 쏠 때 가장 멀리 날아간다고 했으렸다… 흐음…….'

이미 아레나의 던전에서 드워프들의 도움을 얻어 사거리와 발사각에 대한 것들을 실험한 결과가 양피지에 적혀 있었다. 철환을 쏠 때는 1㎞가 사거리였다면, 35도로 발사각을 맞춰서 포탄을 날리면 4㎞까지 날아간다는 결과가 적혀 있었다. 기간트를 파괴하기 위해 거의 수평에 가깝게 날려야 하는 철환과는 다르게, 날아가는 것만 신경 쓰면 되는 것이라 사거리가 훨씬 길게 나오는 것이었다.

'어디 어느 정도의 위력인지 보자.'

토리는 가슴이 두근두근거렸다. 새로운 장난감을 손에 쥔 어린아이처럼 뛰는 가슴을 달래가며 우렁찬 외침을 토했다.

"마동포 발포하라! 발포!"

"발포! 발포하라!"

복명복창이 우렁차게 요새의 성벽 위에서 울려 퍼지며 일제히 마동포가 백광을 뿜어냈다.

뻐벙! 뻐버버버버버버벙!

일제히 쏘아져 나가는 포탄들이 하얀빛에 휩싸인 채 허공에 포물선을 그리며 날아갔다. 적병들과의 거리가 한참 떨어진 탓에 무모해 보이기까지 하는 그 포격에 모두가 눈을 동그랗게 뜨고 결과를 주목했다.

콰쾅! 콰콰콰콰콰콰콰콰쾅!

강렬한 폭음이 전투가 휩쓸고 간 참혹한 현장을 수습하는 적진을 뒤흔들었다. 창천하는 붉은 화광이 흡사 지옥인 양 적진을 뒤덮었고, 죽어가는 자들의 처참한 비명이 멀리까지 들려왔다.

"헛… 이, 이거야 원……."

토리는 너무도 무서운 마음에 등골이 서늘해졌다. 발끝 저밑에서부터 올라오는 찌릿한 느낌이 머리끝까지 치밀어 오르며 백지장처럼 하얗게 머릿속을 비워 버렸다.

"악마의 무기디… 이건……."

멀리서 봐도 족히 수천 명이 넘는 적병들이 한 번에 폭사되어 쓰러져 있었다. 여전히 붉은 화광은 꺼질 줄 모르고 적들을 휩쓸어 가는 중이었다.

'그러나… 승리를 위해서라면 어쩔 수 없는 일이겠지. 하아…….'

토리는 다시 마동포를 발포하라는 명령을 내리는 것이 망설여졌다. 가지고 있는 포탄을 모두 발사한다면 저 적진에 남아 있을 적병이 과연 있을 것인가 하는 생각이 그를 망설이게 만들었다.

"마동포 재장전!"

이를 악물고 마동포 재장전을 외치는 토리의 명령에 복명복창 소리가 들리지 않았다. 아마도 포탄을 발사한 병사들의 심경도 그와 다르지 않을 것이었다.

"마동포 재장전! 명령이 안 들리나!"

"추, 추웅!"

복명복창이 아닌 군호를 엉겹결에 외친 병사들은 뭐에 홀린 듯이 마동포에 포탄을 재장전했다. 처음 장전하는 것에 3배는 족히 걸려, 재장전이 완료되자 토리가 독기 어린 눈빛을 토해 내며 외쳤다.

"발포하라! 모든 잘못은 이 나라를 침공한 저들의 잘못이다! 적에게 베풀 자비는 없다. 발포!"

"발포! 발포하라!"

적들에게 자비를 베풀어봐야 돌아오는 것은 아군의 죽음 뿐이었다. 그것을 상기시키는 토리의 외침에 적은 죽여야 하는 존재라는 것을 떠올린 병사들이 역시 마찬가지로 독기를 풀풀 흘리며 외침을 토했다.

"죽어라! 개놈들아!"

"다 뒈져 버려!"

"크아아아앗!"

괴성을 토해내며 두려움을 이겨낸 자들이 일제히 레버를 당겼고 마동포는 다시 강렬한 굉음을 토해냈다.

뻐벙! 빠바바바바바방!

포물선을 그리며 번개처럼 날아간 포탄이 또다시 아비규환의 장으로 변해 버린 적진에 떨어져 내렸다. 불을 끄고 동료들을 살리기 위해 아우성을 치던 자들을 휩쓸어 버리는 강력한 폭발은 그들을 그대로 집어삼켜 버렸다.

"크아아악!"

"사, 살려줘!"

"아악! 부, 불이 붙었다!"

화염의 폭풍이 휩쓸어 버린 대공군의 진영은 패닉 상태 그 자체였다. 이미 한 번의 포격으로 5천이 넘는 병력이 그대로 폭사되어 죽어나갔다. 거기에다 마법이 발현되며 타오른 불길은 화염지옥을 연상케 하는 죽음의 땅으로 변해 버렸다.

"어서 불을 꺼라. 어서!"

"마법사들은 뭐 하는가! 어서 불길을 잡아!"

귀족들과 기사들은 불길 속에서 빠져나오지 못하고 있는 부하들을 살리기 위해서 목청이 터져 나가도록 소리를 질렀다. 한 번의 공격으로 어마어마한 피해를 본 탓에 뒤쪽의 병력들은 섣불리 앞쪽으로 다가오지도 못하고 있었다.

"주, 주군! 피하십시오. 적의 2차 공격이 준비되고 있습니다."

"으득… 가, 감히……."

크리스토퍼 대공은 요새에서 날아온 철환이 폭발하는 것을 직접 눈으로 목격했다. 하나의 포탄이 반경 50여 미터를 그대로 폭사시키고 그 일대를 불바다로 만들어 버리는 믿을 수 없는 광경이었다. 그런 포탄이 100여 발 떨어졌으니 그 결과는 처참함 그 자체였다.

"저것! 저것은 도대체 무엇이냐? 무엇이기에 이리도 처참한 결과를 낸단 말인가!"

크리스토퍼 대공은 분노로 턱이 덜덜 떨림을 느꼈다. 자신의 병사들을 일거에 쓸어버리는 저 강력한 병기는 도대체 무엇인지 알고 싶은 마음뿐이었다.

"주군! 어서 피하십시오. 마법병단으로 막지 못할 것입니다. 주군!"

놀란 백작이 달려와 피하기를 종용했다. 마법병단에 소속된 마법사들의 성취도는 대다수가 4클래스였기에 그들이 막아내지 못할 위력이 담긴 병기라 여겼다. 그러니 어서 이곳에서 크리스토퍼 대공을 피신시키는 것이 최선이었다.

"으으… 내가 어쩌다가……."

이런 수모를 겪어야 하는 것인가, 라는 말을 차마 잇지 못한 대공은 놀란 백작의 부축을 받으며 걸음을 옮겼다.

"퇴각한다. 서둘러라! 어서!"

놀란 백작이 대공을 이끌고 퇴각을 외치자, 2차 포격이 날아들기 전에 서둘러 전열을 이탈하려는 병사들이 미친 듯이 남쪽을 향해 물러나기 시작했다.

"기간트 부대가 앞장서도록! 서쪽으로 간다!"

"서쪽으로 퇴각하라! 퇴각하라!"

퇴각을 외치는 기사들의 인도에 병사들은 동요를 멈추고 차례차례 락토르의 왕성이 있는 서쪽을 향해 미친 듯이 달렸다. 남쪽에서 치열하게 싸우고 있는 이안과 기간트 부대는 버려둔 채 대공군이 도주를 선택한 것이었다.

콰쾅! 콰콰콰콰콰콰콰쾅!

뒤쪽에서 터져 나오는 강력한 폭음과 창전하는 화광이 또다시 전장을 뒤덮자 도망가던 대공군은 움찔하며 자리에 주저앉았다. 그러나 전장을 이탈한 그들에게 미치지 못하는 것을 알고, 가슴을 쓸어내리며 다시 걸음을 재촉했다.

"적들이 도주한다! 적들이 도주한다!"

요새 위에서 적들이 도주하는 것을 지켜본 병사들은 우레와 같은 함성을 터트렸다. 절반이 넘는 적병들의 시체가 전장에 가득했고 도주하는 자들은 공포에 질려 있었다. 이기지 못할 거라는 전쟁을 이겨낸 자들이 외치는 함성이 너른 전장을 힘차게 뒤흔들었다.

·

쉬잇! 콰직!

라피드의 손에 들린 거검이 마지막 오시리스의 가슴을 파고들어 갔다. 기간트들의 결사항전으로 적들은 모두 도주했고, 힘이 다한 이안은 격한 숨을 몰아쉬며 라피드를 역소환시켰다.

후웅! 스팟!

마법진을 통해 지면에 발을 디딘 이안은 하얗게 질린 안색으로 쓰러지는 오시리스를 바라보았다.

─장군! 승리를 경하드립니다.

─정말 대단한 싸움이었습니다, 장군!

라이더들이 승리에 대한 기쁨을 토로하며 이안이 있는 곳으로 몰려들었다. 절반이 넘는 기간트가 반파 내지는 완파되며, 남은 기간트의 숫자는 고작 13대 뿐이었다. 그래도 그들의 얼굴에는 기쁨과 희열로 가득했다.

"하아… 하아… 모두 전장을 정리하도록. 난 바로 본대로 귀환해서 지원병을 보내겠다."

ㅡ맡겨주십시오.

"그래, 망가진 기간트라지만 혹 고칠 수 있을지 모르니 조심해서 모으도록 해."

ㅡ추웅!

라이더들이 부서진 기간트들을 한곳으로 모으는 작업을 시작하자 이안은 그것을 잠시 지켜보다 바로 요새로 귀환했다. 비행 원반을 타고 날아오는 이안을 요새의 성벽 위에 늘어선 병사들이 우레와 같은 함성으로 맞이했다.

"승리를 축하드립니다, 장군!"

"대단한 승리였습니다. 하하하!"

병사들의 함성을 들으며 이안은 곧장 지휘부가 모여 있는 곳으로 향했다. 그레그 소장을 비롯한 2군단 장군들이 승전의 기쁨을 만끽하며 서로를 축하하고 있었다.

"아! 어서 오게."

"수고가 많았어, 레이너 준장!"

소장 계급장을 달고 있는 장군들은 모두 5명으로 모두가 하나같이 기쁨의 미소를 입가에 걸고 있었다.

"모두 고생 많으셨습니다."

이안이 꾸벅 인사하자 선배 장군들은 고개를 주억거리며 대단한 승리였다고 떠들어댔다.

"이제 어떻게 하실 생각이십니까?"

이안이 조심스럽게 차후에 어떤 작전으로 나갈 것인지 그레그 소장을 향해 물었다. 그러자 그레그 소장은 잠시 생각하다 대승리의 주역인 샤베른을 힐끗 쳐다보며 대답했다.

"추격을 해야겠지."

"바로 가시겠습니까?"

"으음… 그건 조금 그렇지 않겠나?"

그레그 소장이 조심스러워하는 이유는 아직도 적병의 숫자가 상당하다는 점이었다. 거기에다 지원을 오고 있는 다아크 공작의 병력이 합세한다면 바로 전세가 역전되는 것도 문제였다.

'도망친 적병이 6만 정도… 지원 오고 있을 다아크 공작의 병력이 족히 8만은 넘을 것이니… 합이 14만이라…….'

이번 싸움으로 죽인 적들의 숫자가 적어도 6만을 헤아렸다. 그러니 기세가 한풀 꺾인 크리스토퍼 대공군을 추격해서 섬멸하는 것이 최선의 선택일 것이었다.

'남은 기간트가 40여 대인가? 다아크 공작 휘하에 있는 젤러스가 몇 대일지 그것이 문제로군.'

다아크 공작은 국정을 농단하면서 꽤 많은 젤러스들을 빼돌린 상태였다. 정보가 부족하기는 해도 족히 80기 이상의 젤러스가 왕성을 차지하고 있는 다아크 공작의 휘하에 있을 것이라 알고 있었다.

"기세를 탔을 때 몰아쳐야 합니다."

"나라고 모르겠나. 하지만 만약에 상황에 대비해야 하는 것도 필요한 법일세."

그레그 소장의 생각은 윈터폴 요새에서 대공군을 몰아냈으니 이제 체이스 제국군이 파병되기를 기다리자는 것이었다. 그들과 함께 진공하여 왕성에서 대회전을 벌이는 것이 그가 그리고 있는 그림이었다.

'후우… 답답하네.'

대공군은 지금 기간트 캐러밴도 없이 도주하고 있었다. 기간트들을 움직이는 것에는 마나석이 필요했고, 그것은 무한정 쓸 수 없으니 하루에 절반은 무조건 쉬어가야 했다. 라이더들의 정신적 피로와 마나 회복을 위해서라도 휴식은 필수였다.

'그런 놈들을 도주하도록 두고 보겠다는 것이니… 어이가 없군.'

그레그 소장의 생각이 무엇인지는 이안도 어느 정도는 알고 있었다. 2군단 병력의 피해가 상당했고 추격전을 벌이면 이긴다고 해도 피해는 계속해서 누적될 수밖에 없었다. 전쟁에서 이긴다고 해도 2군단이 모두 소진되면 그레그 소장과 동료 장군들은 지지 기반을 잃는 셈이 될 것이었다.

'별수 없지.'

이안은 독립여단만으로 추격을 할 마음을 굳혔다. 병력의 수에서 달리고 기간트가 아닌 샤베른만 남겠지만 그것만 해도 충분히 적들을 괴롭힐 수 있었다.

"알겠습니다. 그럼 독립여단과 제 사병만으로 추격을 하겠습니다."

"이보게, 레이너 준장!"

그레그 소장은 이안이 단독으로 추격을 하겠다고 나오자 조금 당황하는 모습을 보였다. 비록 절반도 남지 않은 2군단 병력을 지키기 위해 망설이기는 했지만 모든 공을 이안에게 넘기기도 꺼려지는 것이었다.

"지금 전쟁도 중요하지만 이기고 난 다음도 중요하네. 나중을 생각해서 병력을 아껴야 한다는 걸 자네도 알지 않나."

"물론 잘 압니다. 하지만 쳐들어온 놈들을 그대로 돌려보내면 그놈들을 막다가 죽어간 병사들은 누가 위로해 줍니까? 저들에게는 피의 복수를 해야 합니다. 그래야 다시는 이 땅을 넘보지 않을 테지요."

"으음……."

이안의 눈에 살기가 돌았다. 하지만 그 살기는 적들에 대한 분노였고 그들과 싸우다 죽어간 병사들의 원한을 대변하는 것이었다. 그래서인지 그레그 소장은 그 눈빛을 마주하기가 더욱 두려웠다.

"하아… 자네의 뜻대로 하게. 난 체이스 제국의 원군이 국경을 넘으면 그때 움직이겠네."

그레그 소장은 2군단이 움직이지 않으면 이안의 독립여단도 무리한 싸움을 하지는 않을 거라 생각했다. 병력의 수가 적고 기간트 전력은 샤베른뿐이니 그러는 것이 당연하다는 생각이었다. 물론 전투의 말미에 선보인 신병기의 위력이 대단하기는 했지만 그것은 그것 나름으로 방어할 수 있는 방법이 등장할 것이었다.

"알겠습니다. 그럼!"

이안은 냉정하게 돌아서서 독립여단의 병력이 있는 곳으로 향했다. 이제부터는 독립여단 단독으로 적들을 추격해서 섬멸해야 하는 싸움이 시작되는 것이었다.

"까짓것 왕성까지 밀고 가자고. 어차피 헥토르 후작군이 있으니 뒤는 걱정할 필요도 없다고."

안드레아의 주장에 모두는 고개를 끄덕였다. 헥토르 후작군의 병력이 3만을 겨우 넘는다지만 그들은 락토르 왕국 최고의 강병이었다. 복수의 칼날을 날카롭게 갈았을 것이니 그들이 있는 독립여단의 본거지를 걱정할 필요는 없었다. 물론 그가 배신하지 않는다는 보장도 없지만 만약의 사태가 벌어지면 남겨놓은 병력과 드워프 전사들로도 충분히 버티는 것이 가능했다.

'로이건 자작과 마법 전력이 함께라면 충분하고도 남지.'

포탄을 가지게 된 이상 드워프 전사들의 전력만으로도 능히 1만 이상의 병력을 상대할 수 있었다. 그러니 걱정 없이 대공군을 추격해서 싸울 수 있는 여건이 마련된 셈이었다.

"우리가 추격할 테니 안드레아 너는 병력 천 명만 따로 빼서 부서진 기간트들을 여단으로 옮겨라. 기간트 캐러밴으로 옮기면 될 테니까 그렇게 오래 걸리지는 않을 거다."

"내가? 끄응……."

안드레아는 자신도 추격전에 일익을 담당하고 싶었다. 그러나 주어진 임무는 기간트를 옮기는 일이라는 것에 조금 실망했다.

"여단에서 놀고 있는 놈들에게 일거리를 줘야지. 안 그래?"

"하긴. 후딱 갔다 오마."

"그래라. 후후!"

이안은 안드레아가 뒤처리를 맡아주자 희미한 미소를 입

가에 건 채 토리와 다른 친구들에게 말했다.

"바로 출발하자. 캐러밴에 모두 태워!"

"알았다. 30분만 줘."

친구들이 바쁘게 움직이는 것을 본 후 이안은 비공정으로 이동했다. 이 싸움의 결과를 체이스 제국에 알리고 그들이 더는 지체하지 못하도록 해야 했다. 체이스 제국은 계속해서 파병을 미루며 양측이 서로 싸워서 상잔하는 것을 바라고 있었다. 그게 아니라면 지금까지 파병이 이루어지지 않을 이유가 없었으니 말이다.

"주이인!"

초조하게 이안이 돌아오기를 기다리던 에일리는 고대하던 주인의 모습이 보이자 종종걸음으로 달려와 안겼다.

"걱정 많이 했지."

"아웅… 주인 얼굴이 안 좋다."

"괜찮아. 조금 쉬면 괜찮아 질 거다."

"그래두우…….."

에일리는 이안의 볼을 쓰다듬으며 안타까워했다. 하얗게 질린 안색과 눈 밑에 짙게 드리워진 다크서클이 그가 느끼고 있는 피곤함이 어느 정도인지 여실히 보여주고 있었다.

"올라가자. 난 할 일이 있어서."

"웅! 내가 부축한다. 기대라, 주인."

에일리는 이안을 부축하며 비공정으로 다시 올랐다. 그녀에게 비공정을 띄울 준비를 하라고 이른 이안은 선실로 들어가 마법 수정구를 꺼내 들었다.

우웅! 파앗!

마나를 주입하자 환한 빛무리가 터져 나오며 이안이 원한 좌표로 마법 통신이 연결되었다.

─라펠러 공작가입니다. 통신을 연결…….

"락토르 왕국의 이안 레이너요. 공작 전하를 연결해 주시오."

─아! 잠시만 기다려 주십시오.

수정구를 든 채 종종걸음으로 뛰어가는 마법사의 모습이 수정구를 통해 보이고 곧 라펠러 공작에게 수정구가 넘어갔다.

─오랜만일세. 그간 잘 지냈나?

"물론입니다. 덕분에 아주 잘 지냈습니다."

─허허허! 말 속에 단단한 뼈가 느껴지는구먼.

"그럴 겁니다. 크리스토퍼 대공군을 우리 힘만으로 격파했거든요. 지금 패잔병들을 추격하려고 하면서 연락을 드린 겁니다."

─그, 그런 일이 있었나? 허허! 이거 참 대단하구먼그래.

라펠러 공작은 이안이 자신만의 힘으로 크리스토퍼 대공

을 격파했다는 말을 하자 깜짝 놀랐다. 양쪽이 동귀어진을 하기를 바랐고 그게 안 되더라도 많은 힘을 소모하기만 바랐던 공작이었다. 그런 이유로 출병을 차일피일 미루며 첩자들만 대거 보냈었다. 그런데 이런 결과가 나왔으니 발등에 불이라도 떨어진 것처럼 느껴질 터였다.

"이렇게 연락드린 것은 출병은 안 하셔도 된다는 것을 알려 드리려고 한 겁니다."

─이, 이보게, 백작! 황제 폐하의 엄명을 받은 상황일세. 그리고 백작이 먼저 원군을 청한 것을 잊었는가?

"그러니까 수고롭게 체이스 제국의 군대에게 민폐를 끼치지 않아도 되어서 얼마나 다행입니까. 그러니 출병 준비를 그만하셔도 됩니다."

이안이 아주 차갑게 하는 그 말에 라펠러 공작은 인상을 구겼다. 국익에 조금이라도 도움이 되는 방안으로 선택한 출병 미루기가 아주 고약한 상황이 되어 자신을 공격해 온 것이었다.

─안 그래도 내일 출병을 하려고 했다네. 그러니 너무 노여워 말게나.

"아니요. 제가 노여워할 일이 뭐가 있겠습니까? 저희들의 힘으로 충분히 물리칠 수 있는 일이라 도움이 필요 없다고 알려 드리는 건데요. 그럼 나중에… 뵐 일이 없겠군요. 평안하시길!"

후웅! 파앗!

마나를 회수하며 마법 통신을 끊어버렸다. 상당한 결례라고 할 수 있는 일이지만 몸이 단 것은 라펠러 공작이었다. 그는 어떻게 해서든 출병을 해야 하고 도움을 준다는 명분을 내세워서 이것저것 뜯어가야 했다. 특히 마동포와 헬카이드의 배꼽에 널려 있는 마나석 광산의 지분까지 얻어가야 하는 임무가 있으니 말이었다.

'네놈들 생각대로는 안 될 것이다. 절대로!'

이안은 비릿한 조소를 머금은 채 마법 수정구가 울리는 것을 무시해 버렸다. 몸이 달아서 계속 마법 수정구를 통해 마법 통신을 연결하려 하는 라펠러 공작의 작태를 비웃으며 아공간으로 수정구를 던져 버린 이안은 자리에 누워 버렸다.

"주인, 출발 준비 끝났다."

"그래? 그럼 출발시켜. 독립여단이 기간트 캐러밴으로 이동할 거니까 그걸 따라가면 된다."

"우웅! 알았다. 에일리는 비공정 조종하러 간다. 헤에!"

에일리는 비공정을 조종하는 재미에 빠져 있었다. 아니, 그보다는 하늘을 나는 재미에 비공정을 모는 것이라고 해야 할 것이었다.

콰앙! 파가각!

마법 수정구를 집어 던진 라펠러 공작의 얼굴에 은은한 노기가 어렸다.

"감히… 으득!"

라펠러 공작은 출병을 할 필요가 없다는 말을 남기고 연락을 끊어버린 이안에게 분통을 터트렸다. 아쉬운 것은 락토르 측이었는데 이제는 반대 상황이 되어버린 것도 그를 열받게 만들었다.

"전하! 들어가도 되겠습니까?"

"들어와!"

버럭 소리를 지르는 라펠러 공작의 앞으로 또 다른 마법사가 들어왔다. 통신을 담당하는 마법사가 아닌 로브의 왼쪽 가슴에 6개의 금색 원이 그려진 고위 마법사였다.

"정보국으로부터 들어온 연락입니다."

"말해."

"락토르 윈터폴 요새의 싸움에서 크리스토퍼 대공군이 패퇴했습니다."

"알고 있다. 방금 이안 레이너 그자에게 출병할 필요가 없다는 연락을 받았다."

"그, 그러시군요. 그럼 이것을 보셔야 할 겁니다."

"뭔데 그러나?"

"일단 보시죠."

마법사가 마법 수정구에 저장되어 온 마법 영상을 공작에게 보였다. 첩자로 보낸 마법사가 먼 거리에서 마법 영상을 담은 것으로, 이안의 독립여단이 대공군을 격파하는 장면이 담겨 있었다. 가장 강렬한 인상을 남긴 장면은 포탄으로 적진을 불바다로 만드는 장면이었다.

"허… 이, 이게 정말인가?"

"그렇습니다. 마동포의 포격으로 만들어낸 영상입니다. 족히 1만을 단 한 번의 공격으로 끝장내 버렸다는 전언도 함께 들어왔습니다."

"으음… 빌어먹을!"

라펠러 공작은 이제 빌어서라도 원군을 출병시켜야 한다는 것을 직감했다. 저 가공할 병기를 체이스 제국으로 들여오지 못하게 된다면 그 책임은 모두 자신이 져야 할 것이니 말이었다.

4장

끝없는 추격

　이안은 적군을 추격해 나가면서 비행 원반을 모조리 공중에 띄웠다. 자신이 탈 비행 원반을 제외한 3개의 비행 원반으로 공중 감시를 해가며 적진의 움직임을 면밀하게 살펴 뒤를 추격했다.

　'우리가 추격하는 것을 알면 놈들도 분명 매복을 하려고 할 것이다. 그 정도는 해야 또 지휘관이라고 할 수 있을 것이고.'

　이안의 적들의 움직임을 관찰하며 적이 매복하기를 바랐다. 그런 싸움에서 시원하게 뒤통수를 쳐줘야 다시는 싸울 엄두를 내지 못할 것이니 말이다.

'일단 우리가 추격을 하고 있다는 것을 보여주는 것이 좋겠어. 한 방 제대로 먹여주면서 반응을 보는 것도 나쁘지 않겠지.'

이안은 적들이 죽을힘을 다해서 도망가는 것을 마법 수정구로 지켜보며 하얀 이빨을 드러냈다.

'대공군의 기간트 캐러밴 덕분에 아주 훌륭한 전투 수단이 만들어지겠군.'

이안은 작전을 떠올리며 아래쪽에 맹렬하게 달려가는 기간트 캐러밴을 보았다. 빼앗은 것까지 합쳐서 100여 대의 기간트 캐러밴이 달리고 있었다. 이전까지만 해도 병사들이 다닥다닥 붙어서 불편하게 이동해야 했지만 이제는 발을 뻗을 수 있을 정도의 공간이 주어진 상태였다.

"에일리!"

"말해라, 주인!"

"비공정을 아래로 하강시켜. 선두의 캐러밴 바로 위로."

"알았다. 하강한다!"

에일리는 능숙한 조종 실력을 뽐내며 비공정을 아래로 서서히 하강시켰다.

"토리!"

"이안, 무슨 일이야?"

"대열을 정지시켜라."

"대열을? 알았다."

토리가 선두 캐러밴이었기에 그가 정지 신호를 내면서 속도를 줄이자 뒤를 따라오던 캐러밴들이 일제히 멈춰 섰다.

"갑자기 왜 멈춰 세운 거야?"

토리와 티모시는 이안이 캐러밴을 세운 이유가 궁금했다. 적의 뒷덜미를 곧 잡을 수 있는 거리까지 좁혔기에 그대로 들이칠 생각이었다. 예전의 싸움을 통해서 캐러밴의 위력을 익히 알고 있는 친구들은 캐러밴으로 적병들을 그대로 깔아뭉개는 전술을 구사할 예정이었다.

'마동포를 캐러밴의 위에 배치하고 싸우면 그 위력은 배가 될 거니까.'

기간트를 안전하게 수송하기 위해 캐러밴은 두꺼운 장갑으로 상판을 덮을 수 있게 만들었다. 물론 그것을 덮은 것은 기간트로 해야 하는 작업이지만 샤베른은 특성상 그 모든 작업을 해내고 위로 올라탈 수 있는 기체였다.

"상판을 덮고 그 위에 샤베른을 배치해."

"상판에? 위험하지 않으려나? 달리면 자칫 떨어질 수도 있는데."

토리의 걱정에 이안은 고개를 흔들었다. 샤베른의 안정성은 기간트에 비할 바가 아니었다. 다리 2개로 버티는 것과 6개로 버티는 것을 어찌 같은 선상에서 놓고 비교할 수 있겠는가.

"다리를 최대한 낮추면 안정적일 거다. 그러니 걱정 말고 배치해라."

"그렇게 말하면 또 할 말이 없지. 모두 들었지?"

"네, 바로 시행하겠습니다!"

조종사들이 샤베른을 움직여 캐러밴의 상판 위로 올라가는 것을 보며 이안은 마법 수정구를 통해 적들의 움직임과 지형을 세심하게 살폈다.

'개활지가 계속 이어지는 곳이니 문제는 없겠군.'

캐러밴으로 공격하는 것은 40㎞만 더 가면 끝이었다. 가운데 길게 남북으로 흐르는 강이 있어서 그곳을 건너는 것이 무척 어려웠다. 그러니 그 전에 강하게 타격을 줘야 하는 것이었다.

"이안!"

"흐음… 이 정도면 훌륭하다."

"그렇지? 다음은 어떻게 할까?"

"전에 로크 제국군을 공격하던 방식으로 간다. 좌우로 일자 대형을 만든 채 그대로 깔아뭉개는 걸로."

"아! 알았다. 그럼 바로 가자고."

"그래, 그럼 출발!"

이안의 명령에 따라 캐러밴을 모는 조종사들이 좌우로 속도를 맞추며 일자 대형으로 벌렸다. 서서히 빈틈이 보이지 않을 정도로 길게 늘어선 100여 대의 캐러밴이 뿌연 흙먼지를 만들어내며 대공군을 향해 맹렬한 추격전을 벌였다.

"백작님! 큰일입니다!"

"무슨 일인데 그러느냐?"

놀란 백작은 대공군을 지휘하는 사령관의 임무를 맡고 있었다. 겉으로은 대공이 직접 지휘하는 걸로 되어 있지만 실제 지휘관은 그였다.

"적들이 기간트 캐러밴을 타고 추격해 오고 있습니다."

"기간트 캐러밴으로? 이런……."

기간트 캐러밴으로 추격을 하고 있다는 말에 놀란 백작은 인상을 찡그렸다. 기간트 캐러밴으로 이동한다면 아무런 힘도 들이지 않고 대규모의 병력을 수송할 수 있을 것이었다. 물론 그러기 위해서 들어가야 할 마나석이 문제지만 그것을 충당할 수 있다면 그보다 좋은 수단은 없을 것이었다.

'저들이 마나석이 어디서 났지? 드워프 부족의 마나석 광산이 아무리 크다고 해도 무리일 건데.'

기간트 캐러밴을 움직이는 것에는 엄청난 마나석이 소모된다. 기간트 한 대를 움직이는 것보다 더 많은 마나를 잡아먹는 녀석이기 때문이었다.

그런데 적들이 그런 마나석의 소비를 어떻게 충당하는 것인지 그것이 의문이었다.

'제국도 마나석을 감당하기 힘들어서 그런 작전을 사용할 수 없거늘… 으음……'

참으로 놀라운 구석이 많은 적들이었다. 특히 이안 레이너라는 독립여단의 여단장이 주는 놀라움은 상상 이상이었다.

"기다려라. 대공 전하께 고하겠다."

지금 상황에서 취할 수 있는 작전은 그리 많지 않았다. 기간트 캐러밴으로 밀고 들어오는 적들을 막으려면 기간트로 상대해야 하는데 그것은 자신이 결단을 내릴 수 없는 부분이었다.

"전하! 소장 놀란입니다."

"어서 오라."

대공은 상당히 지친 모습으로 조금은 흐트러진 모습마저 보였다. 고아하고 품위가 넘치는 로열 블러드의 모습이 처음으로 깨진 것이다.

"적의 추격입니다. 기간트 캐러밴으로 이동하고 있다는 전언입니다."

"기간트 캐러밴이라… 으음……."

기간트 캐러밴을 이용하여 적들을 공격하라는 작전을 낸 것이 자신이었다. 덕분에 대공군에는 기간트 캐러밴이 남아 있지 않았다. 도주하는 것은 지금 시점에서는 거의 불가능에 가까웠다.

"어떻게 하는 것이 좋겠습니까?"

놀란 백작은 일단 어떻게 해야 할지에 대해서 물었다. 물론 대공도 어느 정도는 전략 전술에 대한 식견이 있었지만 전문적인 것은 아니었다. 이전의 작전도 이안 레이너라는 적장이 사용했던 전술을 그대로 차용한 것에 불과했으니 말이다.

"백작이라면 어떻게 하겠나? 말해보게."

"저라면… 부대를 쪼개서 각기 다른 방향으로 퇴각시킬 겁니다. 맞서 싸운다면 기간트 전력을 모두 포기해야 하는데 그것은 절대 안 될 일입니다."

"쪼개서 퇴각시킨다라… 그렇다면 어느 한쪽은 적들에게 잃어야겠군."

"대를 위한 소의 희생입니다. 복불복이니 희생을 해야 할 부대가 최대한 적의 발목을 잡아주기를 바라야겠지요."

"대를 위한 희생이라… 하아… 어렵군."

부하들을 희생으로 내몰아야 한다는 것이 대공의 마음을 어렵게 만들었다.

"그렇다면 전력으로 적을 상대한다면 어떻겠나? 아직 기간트도 50여 기가 남아 있고 마법 전력은 남아 있는데 말이야."

"그 마법 포격을 감당할 자신이 소장에게는 없습니다. 죄송합니다."

"으음… 그렇군……."

마동포도 모두 잃어버린 상황이었다. 그 무거운 마동포를 끌고 올 수는 없어서 버리고 온 탓에 상대할 방법이 없었다. 있다면 마법사들을 모두 투입해서 기습을 가하는 방법인데 그것은 최후의 최후로 남겨두어야 할 방법이었다.

'흑마법사들을 드러낼 수는 없지. 내 목숨이 경각에 달리지 않는 한… 나중을 위해 남겨둬야겠지.'

대공은 허탈한 마음을 추스르며 놀란 백작에게 명을 내렸다.

"백작의 말대로 부대를 다섯으로 나눠서 퇴각을 하도록 하라."

"명을 받들겠습니다, 전하!"

놀란 백작이 물러나고, 쉬고 있던 병력은 다시 다섯으로 나뉘며 급히 퇴각 길에 올랐다. 적들이 어느 쪽으로 올지 알 수는 없었지만 적이 선택한 부대는 결사항전으로 시간을 벌어주는 임무를 부여받았다.

'부대를 쪼개서 퇴각한다라… 최대한 피해를 줄이겠다는 뜻이로군. 머리를 제법 썼네.'

빠르게 적들을 도륙하고 마나석의 마나를 모두 뽑아서 쓴

다면 최대 3부대까지 공략할 수 있을 것이었다. 강이 막아서
는 지점까지 아무리 빠르게 퇴각한다고 해도, 적어도 하루의
반은 소모해야 했으니 말이다.

'대공을 쫓는 것이 나을까? 아니… 아니지…….'

대공을 잡는다면 좋을 것 같지만 그것은 오히려 락토르의
입장에서 마이너스적인 요인이 될 것이었다. 아무리 로크 제
국의 황제가 제국의 개입은 더는 없을 거라 이야기했어도 자
기 동생의 목숨이 걸린 일이라면 또 달라질 것이니 말이다.

'대공은 놔두고 나머지만 모두 쓸어낸다. 포로를 최대한
많이 잡는 것도 필요하겠지.'

포로를 잡는 것도 나중을 위해서 꼭 필요한 작업이었다. 로
크 제국의 많은 양보를 얻어내기 위해서라도 포로는 필요했
다.

"어디로 갈까?"

토리는 적들이 분열해서 각기 다른 방향으로 퇴각한다는
것을 알게 되자 급히 이안에게 외치듯이 물었다. 바로 위쪽에
서 둥실 떠가는 비공정에서 그 소리를 들은 이안이 남쪽으로
방향을 잡은 부대를 첫 공격 목표로 정했다.

"남쪽으로 가는 부대를 먼저 잡는다. 전속력으로!"

"알았다. 전속력으로 기동한다. 남쪽으로!"

"추웅!"

기간트들이 일제히 방향을 서서히 틀어 남쪽으로 진로를 잡은 1만 남짓한 부대를 향해 전속력으로 달려갔다. 인간의 몸으로 아무리 빨리 달린다고 해도 한계는 명확했다. 거기에 갑옷과 무거운 것들을 짊어진 채 달려야 하는 병사들은 몇십 분도 버티지 못하고 이내 퍼져 버렸다. 점점 거리는 좁혀졌고, 곧 시야에 적군의 모습이 들어오는 지점까지 따라잡을 수 있었다.

"전 부대 방어 대형으로!"

대공군의 장군 중 하나인 허쉬 자작은 검을 뽑아 들고 퍼져 버린 병사들에게 명령을 내렸다. 그의 눈에는 오직 결사항전으로 시간을 끌어 대공이 무사히 빠져나갈 수 있도록 하겠다는 결심으로 가득했다.

"장군… 병사들을 좀 보십시오."

"맞습니다. 싸우기도 전에 먼저 쓰러져 버린 부하들이 태반입니다. 장군!"

휘하의 지휘관들은 기간트 캐러밴이 먼지를 피어내며 달려오는 것에 항복을 했으면 하는 바람을 피력했다. 그들은 마지막 싸움에서 이안군이 선보였던 그 괴병기로 인해 공포에 질려 있었다. 그 병기가 날아들어 처참하게 불타 죽고 싶은 마음이 없었던 것이다.

"닥쳐라! 우리는 결사항전으로 대공 전하께서 빠져나갈 시간을 벌어야 한다. 알겠는가!"

"하지만… 하아……."

"알겠습니다, 장군."

지휘관들은 결사항전이라는 말에 낙담했다. 이미 싸워보기도 전에 전투에 대한 의지를 잃은 병사들을 가지고 어떻게 싸워야 할지도 의문이었지만 말이다.

"기사들과 기병 대대로 먼저 적들이 접근하지 못하도록 막는다. 다인 중령!"

"네, 장군."

"그대가 기사들과 기병대를 이끌고 적을 기습하라. 최대한 대오를 넓게 가져가면 마동포의 공격을 피할 수 있을 것이다. 가라!"

"네!"

마지못해 군례를 올린 중년 장교가 말에 올라타며 부하들을 이끌고 사라져 갔다. 이후 맹렬하게 속도를 올려서 기간트 캐러밴을 공격하기 위해 달려가는 것을 보며 괴병기에 대항하기 위한 방어물 구축에 돌입했다.

"이안! 적 기병대다. 어떻게 할까?"

"무시하고 달려. 어차피 기병들이 캐러밴을 공격할 방법은 없으니까."

"알았다. 그대로 밀어붙인다. 가자!"

굉음을 내며 더욱 속도를 올린 기간트 캐러밴은 적진에서 쏟아져 나온 2천여 명의 기사들과 기병들의 돌격에도 그대로 돌진해 들어갔다. 그냥 깔아뭉개서 죽이겠다는 그 돌격에 오히려 마주쳐 나오는 적 기병대의 속도가 줄어들기 시작했다. 틈이 보이지 않을 정도로 바짝 붙어서 돌진해 오는 캐러밴들의 움직임은 마치 거대한 성벽이 달려오는 것 같은 공포로 그들을 덮쳐왔다.

'기병은 캐러밴을 상대로 아무것도 할 수 없지. 기사들이 뛰어오르려 하겠지만… 그 정도는 샤베른으로 해결하면 그만이지.'

캐러밴의 상판 위에 올려진 샤베른은 마동포만 달려 있는 것이 아니었다. 두 팔에는 검과 방패가 들려 있었고 그것으로 올라타는 기사들을 도륙하면 되는 것이었다. 그런 생각으로 더욱 맹렬하게 달려가는 이안은 적진의 대열을 보며 싸늘한 조소를 머금었다.

두두두두두두두두!

맹렬하게 돌진하는 기병들은 거대한 강철 기간트 캐러밴을 상대로 자신들이 어떻게 싸울 수 있을지 몰라 겁에 질려 있었다. 그러나 명령은 떨어졌고 도망갈 수도 없는 상황이기에 죽기 살기로 달려들었다.

"대오를 벌려라. 기간트 캐러밴에 올라타서 멈추게 만들어야 한다. 가자!"

"우오오오오오오오!"

공포를 날리기 위해 더욱 거센 함성을 토해낸 기병들은 기병창이 아닌 밧줄을 손에 들었다. 캐러밴에 밧줄을 걸고 뛰어오를 생각들인 것이다.

"충돌한다. 모두 준비!"

밧줄을 빙글빙글 돌리며 달려가는 기병들은 캐러밴과 충돌하는 시점이 되자 급히 말을 멈추고 밧줄을 날렸다. 수천 가닥의 밧줄이 날아가 캐러밴의 상판으로 날아들고 갈퀴가 상판에 걸리자 그들은 일제히 말 등을 박차고 뛰어올랐다.

"가랏!"

"도망가! 어서!"

말들에게 도망가라고 외친 그들은 캐러밴에 매달리며 빠르게 올라타기 시작했다.

"어서 오라고!"

"쯧쯧! 여기가 어디라고!"

상판 위에는 거대한 강철 방패와 거검이 기다리고 있었다. 샤베른 조종사들은 올라타는 기병들을 향해 횡으로 거검을 휘둘렀다.

"크헉!"

"으아아악! 사, 살려!"

거검이 휘둘러지고 지나간 자리에는 기병들이 걸었던 밧줄과 그것을 지탱하는 갈퀴만이 남아 있을 뿐이었다. 나가떨어진 기병들은 캐러밴의 커다란 바퀴가 그대로 깔고 지나가 버렸다.

"물러서지 마라. 올라가!"

"물러서면 죽는다. 캐러밴을 탈취해!"

기사들은 밧줄에 매달린 채 기병들에게 물러서지 말라며 독려했다. 그들은 어차피 자신들의 운명이 치열하게 싸우다 죽는 것임을 알고 있는지 독기를 내뿜으며 달려들었다.

"조종석을 장악해. 어서!"

"가자! 조종석으로!"

조종석으로 달려가는 기사들은 빠르게 해치를 열고 샤베른의 공격이 이루어지기 전에 들어가려 사력을 다했다. 덜컹 소리를 내며 조종석이 열리자마자 미친 듯이 안으로 뛰어들었다.

"기다렸다."

"죽엇!"

조종석 안에는 독립여단 소속의 기사들이 대기하고 있었다. 그들은 무턱대고 뛰어드는 적들을 향해 빠르게 검을 찔러 넣으며 조종석을 차지하려는 적들을 막았다.

"크헉… 젠장……."

"방어는 우리에게 맡기고 조종에 열중해!"

"네, 네!"

달려들어 온 대공군 기사를 격살한 여단 소속의 기사는 굳건하게 문 앞을 지키며 외쳤다. 그 모습에 조종사는 마음을 놓고 계속해서 조종 레버를 잡은 채 앞으로 나갈 수 있었다.

'기병들은 모두 제거했고… 남은 것은 저들을 어떻게 잡느냐 하는 건데…….'

2천 정도의 기병과 기사들이 공격을 했지만 채 5분도 싸우지 못하고 끝나 버렸다. 샤베른의 방어를 뚫지 못하고 태반이 넘는 기병들이 죽어나간 탓이 컸다. 캐러밴의 강철 바퀴에 깔려서 죽어간 적도 절반에 이를 정도였기에 실제 캐러밴 위에서 싸운 적들의 수는 1/10도 되지 않았다. 그 정도의 병력으로는 독립여단의 기사들을 뚫을 수 없었다. 죽여 달라고 달려드는 꼴이었기에 너무도 싱거운 싸움이 될 뿐이었다.

'캐러밴이 저기를 올라갈 수 있으려나?'

개활지라고 해도 모두가 평평한 평지인 것은 아니었다. 작은 구릉 위에 진형을 펼친 적들은 좁은 곳임에도 불구하고 캐러밴이 올라오기 힘든 그곳에 모여 있었다.

"이안! 어떻게 할까? 그대로 구릉까지 돌진할 거냐?"

구릉을 올라가는 것이 그리 쉽지만은 않을 것이었다. 시간도 오래 걸릴 것이고 병력을 하차시켜서 싸우게 할 경우라면 반나절은 족히 걸릴 상황도 염두에 두어야 했다.

"포로는 포기한다. 포격으로 쓸어버려!"

"알았다. 각 포수들은 포격 준비!"

"포격 준비! 포격을 준비하라!"

포격으로 적을 쓸어버려야 할 상황이 되니 캐러밴을 전진시킬 이유가 없었다. 반원을 그린 채 멈춘 캐러밴에서 샤베른들이 일제히 포신을 내밀며 발사각을 조종했다.

"발사각 20도! 전 포수는 각도를 수정하도록!"

구릉 위로 직격하듯이 쏘아내는 것이라 발사각이 그리 높지 않았다. 포신이 내려앉으며 발사각이 조종되자 적진에서는 난리가 났다. 그 괴물 같은 병기로 자신들을 쓸어버릴 작정인 것을 알아챈 것이었다.

"자, 장군! 적이 포격을 준비하고 있습니다."

"피, 피해야 합니다. 그 괴병기의 포격이 날아들면 전멸입니다."

장교들의 외침에도 허쉬 자작은 요지부동이었다. 어차피 퇴각해도 목이 떨어지는 것은 마찬가지일 것이기 때문이었다.

부대별로 나눠서 퇴각 명령을 받을 때 결사항전을 하지 않고 살아남는다면 그렇게 될 거라는 으름장을 들은 뒤였다.

"땅을 판 곳으로 들어가서 방패로 덮어라. 그럼 버틸 수 있다."

"장군!"

"닥치고 명령대로 하라. 어서!"

"알겠습니다. 하아……."

지휘관들은 허쉬 자작의 호통에 죽음을 각오한 채 낮게 파놓은 구덩이 속으로 병사들을 밀어 넣었다. 시간이 없어서 그리 깊게 파지는 못했지만 그래도 어느 정도 몸을 구겨 넣을 수 있는 참호가 파여져 있었다.

"방패로 구멍을 막아라. 적의 포격이 날아든다."

"숨어! 모두 버텨라!"

쎄에에에엑! 쎄에에에엑!

공간을 가르며 날아드는 검은 선들이 그대로 구릉을 타격하기 시작했다. 거친 폭음을 만들어내며 터져 나가는 포탄으로 인해 구릉이 뒤흔들릴 정도였다. 그리고 이어진 거센 화염의 폭풍이 구릉을 붉게 물들여갔다.

콰쾅! 콰콰콰쾅! 화르르르르륵!

충천하는 화광은 독아처럼 넘실거리는 화염으로 인해 더욱 화려하고 뜨거운 빛으로 구릉을 물들였다.

"크아아악!"

"사, 살려줘!"

"뜨거워! 으아악!"

방패로 막는다고 해서 해결될 화염이 아니었다. 방패로 채 막지 못한 틈으로 비집고 들어간 화염이 그대로 참호 안의 병사들을 덮쳐 버렸다. 지옥에 떨어진 악인들의 울부짖음인 양 죽어가는 병사들의 참혹한 비명이 구릉에 울려 퍼졌다.

"휘유… 끝난 거 같은데?"

한 번의 포격으로 구릉은 화염지옥이라고 해도 믿어질 만큼 붉은 화광으로 가득했다. 그런 곳에서 살아남을 수 있는 사람이 있을 거라고는 믿어지지 않았다.

"천 명만 남겨서 뒤처리하면 되겠다. 나머지는 다음 부대를 추격한다."

"천 명씩이나?"

"구형 샤베른도 5기 남겨서 시체를 처리하게 해. 불타서 죽은 시체를 치우는 것도 고역일 테니까."

"하긴… 알았다."

토리가 나서서 남아서 뒷정리를 할 병력을 지정한 후 병력은 다시 캐러밴을 몰아 다음 부대를 추격하기 위해 움직였다.

"이제 저기만 넘어서면 그란트 강입니다."

"후우… 다른 부대들은 어떻게 됐을지 걱정이로군."

크리스토퍼 대공은 어쩌다 이런 신세가 됐는지 모르겠다

는 생각에 하늘을 쳐다보았다. 한숨이 절로 흘러나오고 어깨가 축 늘어져 내렸다.

"전령입니다."

"또 무슨 일이냐? 어서 고하라!"

대공은 은은한 노기를 드러내며 불퉁스럽게 외쳤다. 그러자 말에서 뛰어내린 전령이 군례를 취하며 대답했다.

"폴람 자작군이 이쪽으로 오고 있습니다. 남쪽에서 적군의 추격이 있습니다."

"폴람 자작이… 이런……."

강을 건너는 것은 준비가 필요했다. 그런 상황에서 폴람 자작군이 도주하고 있다면 이곳도 금방 적들에 의해서 밀릴 수 있다는 뜻이었다.

'어찌해야 하는가… 폴람 자작군마저 잃는다면 남는 병력은 2만 남짓인데… 하아…….'

2만도 살려서 도주할 수 있을지 의문인 상황이었다. 그리고 이렇게 무기력하게 쫓기는 것이 무엇보다 싫었다.

"제머슨!"

"말씀하십시오, 전하!"

검은 로브를 걸친 마법사는 얼굴이 드러나지 않았다. 목소리에서 괴이한 기운이 흐르는 것을 보면 흑마법사라는 것을 바로 알아챌 수 있었다.

"방법이 없겠는가? 폴람 자작군을 구할 방법 말이야."

"방법은 있습니다."

"방법이 있다고 했는가?"

"그렇습니다. 하급 마법사들을 희생해서 마법을 사용하면 됩니다. 그럼 제 클래스보다 한 단계 높은 마법으로 적들을 공격할 수 있습니다."

마법사들을 희생한다는 말에 대공의 눈에 이채가 깃들었다. 하급 마법사들이야 얼마든지 충원할 수 있었고 그들만 희생하면 적들에게 큰 타격을 입힐 수 있다는 뜻이니 말이다.

"어느 정도의 타격을 입힐 수 있는가? 그것을 말해보라."

대공은 제머슨의 경지가 7클래스의 흑마법사라는 것을 떠올리며 물었다. 1단계 더 높은 마법이라면 8클래스의 마법을 뜻했고 그 위력이 어떤 것일지 알고자 했다.

"적어도 방원 1km는 날려 버릴 수 있습니다."

"1km라… 허… 대단하군."

방원 1km라면 기간트 캐러밴을 타고 오는 적들을 거의 휩쓸어 버릴 수 있는 넓이였다. 그렇다면 이렇게 쫓기지 않아도 된다는 것을 의미했다.

'진즉에 제머슨에게 물어볼 것을 그랬어. 그랬다면… 요새에서도 밀리지 않았을 것인데.'

대공은 아직 늦지 않았다는 것에 온몸 가득 힘이 샘솟는 것을 느꼈다. 이안 레이너라는 적장을 비롯한 그 휘하의 병력을 한 방에 날려 버릴 수 있는 기회를 잡은 것이었다.

"바로 시행하도록 하라. 내 희생하는 마법사들의 뒤는 확실하게 돌봐줄 것이다."

"흐흐흐… 명대로 하지요. 그럼!"

제머슨이 대공에게 꾸벅 인사한 후 자리를 떴다. 곧 50여 명의 마법사들이 남쪽에 자리를 잡고 마법진을 만들기 시작했다. 거대한 역오망성을 그리고 그 안에 마법 가루로 기이한 룬어를 그려 넣었다.

"놀란 백작!"

"예, 전하."

"지금 즉시 폴람 자작에게 이쪽으로 부대를 물리라고 전하라."

"그리하겠습니다."

"그리고 마법이 발동되고 난 후 살아남은 적들을 한 번에 쓸어버릴 것이니 그에 맞춰서 동쪽과 서쪽에 매복을 하고. 알겠는가?"

"예, 전하!"

놀란 백작은 흑마법사들의 마법으로 적을 괴멸시킬 수 있다는 것에 심장이 요동쳤다. 한 번에 전세를 역전시켜서 승리할 수 있다는 것에 한시라도 빨리 그 시간이 오기를 바랐다.

'흐음… 뭐를 하는 거지?'

이안은 비행 원반의 매직 아이를 통해 전해지는 내용을 계속해서 지켜보고 있었다. 대공군의 진영에서 일어나는 일도 빠짐없이 보고 있다가 이상한 움직임을 발견하고 고개를 갸웃거렸다.

'마법진? 도대체 뭐를 하려는 거지?'

보통의 마법진은 아무리 커도 2미터 이상의 크기로 만들지 않았다. 마법 가루의 낭비도 심할뿐더러 대형 마법진에 필요로 하는 마나를 감당할 수 없기 때문이었다. 그런데 적진에서 만들고 있는 마법진의 크기는 10미터 이상의 크기였고 황금빛 마법 가루로 그려 넣는 룬어의 수가 무척 많았다.

'자세히 볼 수 없으니 답답하네… 으음…….'

룬어의 종류가 무엇인지만 알아도 무슨 마법진인지 알 수 있었다. 그러나 매직 아이를 통해서는 룬어를 그려 넣고 있다는 정도만 알 수 있었다.

'불안해… 저런 마법진이라면 엄청난 것을 준비하고 있다는 뜻인데…….'

이안은 이대로 있을 수 없었다. 어느 정도 마나도 회복되었고 오러를 사용할 수 있을 정도의 몸 상태로 돌아왔다.

"토리!"

"응? 말해?"

"난 정찰을 갔다 와야 할 거 같다. 그러니까 추격은 네 임의대로 진행해."

"내가? 뭐 그러지."

토리는 지금 추격하고 있는 네 번째 부대 역시 포격으로 끝장낼 생각을 하고 있었다. 이안이 없더라도 그 정도는 자신의 역량으로 해낼 수 있을 거라 생각했다.

"에일리!"

"우웅! 주인 말해라."

"비공정으로 상승시켜라. 북쪽으로 간다."

"알았다, 주인!"

에일리는 조종관을 움직여 비공정을 높게 상승시켰다. 그리고 연이어 북쪽으로 방향을 잡고 빠르게 움직였다.

"좋아. 인비지빌리티를 실행시켜!"

"인비지빌리티 실행!"

에일리의 외침에 비공정은 금세 자취를 감추며 그 어떤 것도 보이지 않았다. 10분의 시간 동안만 사용할 수 있지만 적의 눈에 띄지 않으려면 어쩔 수 없었다.

'보자… 어떤 마법을 사용하려는 것인지.'

이안은 비공정의 선수에 매달린 채 지상을 매의 눈으로 살폈다. 순식간에 폴람 자작군을 지나친 비공정은 대공군의 진영까지 3분 만에 주파했다.

"에일리 비공정 멈춰!"

"웅! 비공정 정지!"

에일리는 비공정의 조종관을 빠르게 조작하여 멈춰 세웠다. 대공군의 머리 바로 위에 멈춘 비공정에서 이안은 지상의 마법진을 제대로 살필 수 있었다.

'제타… 살로메… 퀸투스… 로함…….'

마법진에 그려 넣어지는 룬어를 매의 눈으로 읽어간 이안의 표정은 빠르게 굳어갔다. 그 룬어들이 무엇을 뜻하는지 7클래스의 마법사인 그 역시 잘 알고 있었던 것이다.

'희생 마법으로 마나를 집약시켜 증폭까지 시킨다라… 무슨 짓을 하려는 건지 알겠군.'

이안은 적들이 노리는 바가 무엇인지 알게 되자 싸늘한 미소가 입가에 번졌다. 모험을 해야 할지도 모르지만 적들의 수작을 역이용하여 크게 한 방 먹일 생각에 절로 독기가 눈에 어리기 시작했다.

5장

왕성 탈환전

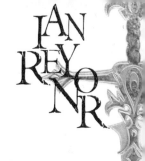

역오망성의 각 꼭짓점에 검은 로브를 걸친 마법사들이 서고 핵심 룬어가 새겨진 부위에도 배치됐다. 모든 인원의 배치가 완료되자 제머슨은 이지가 제압당해 꼭두각시처럼 변해 버린 휘하의 마법사들을 한 명씩 살펴보았다.

'어차피 마왕과 계약하여 힘을 얻은 존재들… 마왕의 품으로 돌아가는 것이니 아쉬울 것은 없겠지.'

마왕과 계약하여 힘을 얻은 흑마법사들이기에 마왕에게 돌아가는 죽음을 무서워하지 않는다. 죽어서 마왕에게로 간다면 그의 휘하에서 새로운 삶을 살게 될 것이기 때문이었다.

"우로스! 아젠타! 코르드……."

룬어를 깨우는 영창이 제머슨의 입에서 흘러나오고 그 영창에 해당하는 룬어에서 어둠의 빛이 흘러나왔다.

"끄륵……."

"마, 마왕이시여……."

이지를 잃은 가운데에도 극악한 고통이 밀려들자 흑마법사들은 마왕의 이름을 찾았다. 마침내 마법진을 이루는 룬어들이 모두 빛을 뿜어내고 배치되어 있던 흑마법사들에게서 검은 기운이 흘러나왔다.

고오오오오오오!

검은 기류가 한곳으로 모이며 마법진의 정중앙에서 소용돌이쳤다. 그리고 종국에는 하나의 검은 기류로 합쳐지며 상상할 수 없을 정도의 흑마력으로 증폭되어 갔다.

'오너라… 네놈들에게 지옥의 불길이 무엇인지 보여주마. 크하하하!'

이번 전쟁으로 제머슨은 죽은 자들의 영혼을 엄청나게 많이 수거할 수 있었다. 지금까지 모은 양이라면 그 누구도 이루지 못했던 8클래스의 경지에 올라설 수 있을 것이었다. 마왕과의 거래에 바칠 영혼이 수만을 헤아렸으니 말이다.

"제머슨, 준비는 다 됐는가?"

놀란 백작은 마법진 안의 마법사들이 검은 기류를 뿜어내고 있는 기괴한 광경을 보며 물었다. 그러자 제머슨은 사이한 미소를 거두며 뒤로 돌았다.

"준비는 끝났소. 적들은 어디까지 온 거요?"

"이제 보이기 시작할 것이오."

지평선의 끝부분에서 폴람 자작군이 미친 듯이 도망쳐 오는 모습이 보였다. 그리고 그 뒤로 더 거센 흙먼지가 일어나고 있는 것을 보아 이안군이 추격을 해오고 있다는 것을 알 수 있었다.

"그렇구려. 기간트 캐러밴이 보이는군."

기간트 캐러밴은 그 먼 거리에서도 단연 눈에 띄었다. 거대한 성곽이 움직이고 있는 착각을 불러일으키는 것이니 눈에 안 띌 수가 없었다.

"마법은 거리가 어느 정도가 되어야 발동할 수 있소?"

"헬파이어를 쓸 것이오. 그러니 적어도 3㎞면 사정거리 안이라고 해야겠지."

"3㎞라… 알겠소. 그것에 맞춰서 대응을 하리다."

놀란 백작은 헬파이어라는 말에 심장이 두근거렸다. 자신의 생전에 그런 엄청난 마법이 발현되는 것을 볼 수 있다는 것은 놀라운 일이었다.

"이제 캐스팅을 시작해야겠소. 그래야 시간을 맞출 수 있으니 말이오."

"아! 어서 시작하시오. 어서!"

놀란 백작은 제머슨이 헬파이어 주문을 캐스팅하는 것에 얼른 물러나며 부관에게 말했다.

"전령을 보내서 폴람 자작에게 전하라."

"어떤 명령을 말씀이십니까?"

"헬파이어가 날아갈 것이니 마법이 발현되면 최대한 물러서서 포위하라고 말이야. 절대 접근해서는 안 된다는 것도."

"네, 장군!"

놀란 백작은 어서 헬파이어가 발현되어 이 치욕스러운 싸움을 끝낼 수 있기를 바랐다. 그리고 자신들에게 이런 치욕을 안긴 이안 레이너와 그 부하들을 단번에 쓸어내기를 소원했다.

"마동포를 준비하라!"

"추웅!"

특별히 태운 마동포 포수들이 비공정에 배치된 마동포 앞에서 일사분란하게 움직였다. 빠르게 포탄을 장전하고 마동포의 마나 코어에 마나를 활성화시켰다.

"1번 포대 준비 완료!"

"2번 포대……."

총 6대의 마동포가 준비 완료를 외치며 마나의 진동을 토해냈다. 이안은 굳건하게 손을 든 채 제머슨이 헬파이어 주문을 캐스팅하는 모습을 노려보았다. 캐스팅이 완료되고 마법이 활성화되는 그 순간을 노려 마동포를 발사할 것이었다.

'캐스팅이 끝난다고 해도 마법이 발현되는 것에는 시간이 걸리지. 그 시간 안에 포격을 가한다면… 오히려 방향을 잃은 헬파이어가 그 자리에서 폭발하게 된다.'

마동포의 포격에 더해 헬파이어 주문이 그 자리에서 폭발하게 된다면 대공군은 괴멸적인 타격을 스스로에게 입히게 되는 셈이었다. 그것도 모른 채 제머슨은 열심히 주문을 영창하며 헬파이어 주문을 완성해 갔다.

'영창이 끝났다. 마법이 발현된다!'

이안은 마법 영창이 끝나고 마법진에서 서서히 떠오르기 시작하는 푸른 불꽃을 보았다. 떠오르면서 점점 거대해지는 그 푸른 불꽃은 이내 커다란 구체로 몸집을 불려갔다.

"지금이다! 발포하라!"

"발포! 발포하라!"

뻐벙! 빠바바바방!

6대의 마동포가 일제히 백광을 뿜어냈다. 지상을 향해서 기울어진 비공정이 그 반탄력에 흔들렸고 검은 포탄이 번개처럼 쏘아져 나갔다.

"…크낙투스 앙헬리온 파툼! 헬파이어!"

후웅! 고오오오오오오오!

마법진에서 떠오른 그 푸른 불꽃은 찬란한 빛을 뿜어내며 서서히 거대한 구체로 커져갔다.

구체는 주위의 마나까지 빨아들이는 무시무시한 힘을 과시하며 백여 미터를 올라갔다. 그리고 그곳에서 점점 더 세력을 키워갔다.

"흐흐흐! 이제 완성됐다. 크하하하하하!"

제머슨은 자신의 힘으로 완성시킨 헬파이어의 구체를 보며 앙천광소를 터트렸다. 이제 저 헬파이어가 날아가면 적들은 뼛가루도 남기지 못하고 재가 되어 사라질 것이었다.

'응? 뭐, 뭐지?'

제머슨은 등골이 쭈뼛하고 서는 느낌에 본능이 일러주는 곳으로 시선을 틀었다.

'비, 비공정… 마동포!'

백광에 휩싸인 채 날아오는 검은 선들이 자신과 헬파이어의 마나를 충당하고 있는 마법진을 향해서 날아왔다. 그리고 자신의 머리 위에 만들어진 마법진에서 강력한 기운이 느껴졌다.

"빌어먹을! 피해!"

콰쾅! 콰콰콰쾅! 파츠츠츠측!

강력한 폭발음과 함께 온몸이 갈가리 찢겨져 나가는 극악의 고통이 찾아들었다. 정신이 아득해지며 검게 물들어갔고 마지막으로 자신의 몸이 모두 해체되는 느낌이 들었다.

고오오오오! 쿠와아아아아아아아앙!

마나를 주입하던 마법진이 깨져 나가고 마법을 유지해야 할 제머슨이 사라지자 헬파이어의 구체는 그 방향을 잃어버렸다. 마법이 해제되어야 했지만 이미 엄청나게 모여든 마나는 길을 잃고 폭주하기 시작했다.

"으아아아아!"

"헬파이어가 터진다. 도망가!"

"사람 살려!"

헬파이어의 구체가 떨어지기 시작하는 것을 본 대공군의 병사들은 패닉 상태에 빠져서 비명을 지르며 사방팔방으로 도망쳤다. 그러나 헬파이어가 폭발을 일으키자 그 어마어마한 화염에 의해 그대로 가루가 되어 사라져 갔다.

"허어… 어, 어떻게… 이런 일이……."

크리스토퍼 대공은 헬파이어가 터지며 자신의 남은 부하들을 덮치는 것을 망연자실하게 바라보아야 했다. 머릿속이 하얗게 비워지고 깊은 좌절감과 허탈함이 온몸의 세포 하나하나까지 물들여 갔다.

"피, 피하서야 합니다. 주군!"

놀란 백작은 헬파이어의 위력에 수천의 병사들이 폭사되어 버리자 급히 대공에게 달려왔다. 이미 공중에 모습을 드러낸 비공정에서 떨어져 내리기 시작한 포탄이 남은 병사들마저 도륙하기 시작했다. 대공까지 당한다면 끝장이라는 생각에 그라도 구해서 탈출을 할 일념뿐이었다.

"어떻게… 이런… 아아……."

넋이 나간 대공이 넋두리를 하듯이 중얼거리는 것에 놀란 백작은 고개를 가로저었다. 회심의 일격이라고 생각했던 것이 자신의 남은 부하들마저 휩쓸어 버렸으니 그 충격이 엄청나리라는 것은 그도 짐작하는 바였다.

"죄송합니다. 주군!"

휘익! 퍼억!

"끄으……."

대공의 뒷덜미를 가격해서 기절시킨 놀란 백작은 쓰러지는 그를 급히 들쳐 메며 외쳤다.

"전장을 이탈한다. 락토르의 왕성으로 퇴각하라. 모두 살아서 보자!"

"추웅!"

남은 자들은 대공을 지키는 기사들이거나 지휘부에 속하는 이들이었다. 남은 병사들은 사분오열하여 이리저리 흩어진 상황이었기에 놀란 백작을 필두로 하여 강을 향해 달려갔다.

휘익! 콰쾅! 콰콰콰쾅!

비공정에서 수인족 전사들과 마동포의 포수들은 지상을 향해 포탄을 집어 던졌다. 하나씩 폭발할 때마다 방원 50여 미터가 불바다로 변하며 적들이 쓰러져 나갔다.

"그만! 에일리!"

"웅! 말해라, 주인."

"본대로 합류한다. 가자!"

"알았다, 주인!"

에일리의 유려한 조종 솜씨에 비공정은 빙글 선회하며 폴람 자작군과 교전을 시작한 본대가 있는 곳으로 움직였다.

'저놈들만이라도 포로로 잡아야겠어.'

지금까지 잡은 포로는 거의 없다시피 했다. 마동포의 포격으로 승부를 결하다 보니 적들을 거의 대부분 죽여 버린 탓이었다.

'위력이 강하다 보니 살아남는 적들이 거의 없다. 이러다 정말 마왕 소리를 듣는 거 아닌지 모르겠군. 후우……'

아무리 적이라고 해도 이렇게 많은 적들을 죽이는 것이 쉬운 일만은 아니었다. 마음이 무거워지는 것을 느끼며 이안은 어떻게든 폴람 자작군만이라도 포로로 잡을 생각을 했다.

"에일리, 먼저 간다."

"응? 주, 주이인!"

에일리는 이안이 비공정에서 뛰어내리자 화들짝 놀라며 외쳤다. 그러나 금세 비행 원반을 소환한 이안이 그것을 타고 빠르게 지상으로 쏘아지는 것에 화사한 미소를 입가에 걸었다.

"히이… 나도 저거 타고 싶은데……."

에일리의 바람를 아는지 모르는지 이안은 비행 원반에 몸을 실은 채 폴람 자작군의 머리 위로 쏘아져 갔다.

'적장을 사로잡아야 한다. 그래야 항복을 받아낼 수 있으니.'

장군이라는 것은 상징적인 의미가 크기에 절대 사로잡히거나 적의 손에 죽어서는 안 된다. 잡힐 경우 그 휘하의 부하들이 저항의 의지를 잃게 되기 때문이었다.

'저기 있군.'

이안은 헬파이어의 폭발로 인해서 패닉 상태에 빠진 채 어쩔 줄 몰라 하는 적들 가운데서 한 사람을 찾아냈다. 황금색 수실을 길게 늘어뜨린 군복을 입고 그 위에 브레스트 메일을 걸치고 있는 적장의 모습이 눈에 띈 것이었다.

'단숨에 잡아주마!'

이안은 비행 원반을 빠르게 움직여서 폴람 자작에게로 미친 듯이 쇄도해 들어갔다.

"어어……."

"저, 적이다!"

이안의 등장에 병사들이 소리를 질렀지만 그는 그런 아우성은 가볍게 무시하며 더욱 속도를 올렸다.

티잉! 파각! 파가각!

병사들이 쏘아대는 화살이 이안을 향해 날아왔지만 오러실드에 막혀 가루가 되어 흩어져 내릴 뿐이었다. 무시무시한 그 기세를 그대로 살려서 날아간 이안은 자신을 가리키며 소리를 질러대는 폴람 자작에게 그대로 신형을 날렸다.

"나는 이안 레이너 백작이다! 적장은 목을 내놓아라!"

일부러 마나까지 실으며 소리를 질러 적군의 병사들이 모두 들을 수 있도록 증폭시켰다. 전장을 뒤흔드는 그 목소리에 귀를 막으며 공포에 질려 버린 병사들이 멍하니 이안의 움직임에 시선을 모았다.

"마, 막아라!"

"내가 잡는다!"

폴람 자작의 기사들은 서로 몸을 날리며 이안을 향해 부나방처럼 달려들었다. 그들이 날리는 검세를 그대로 부숴가며 이안은 더욱 강력한 오러를 폭출시켰다.

"헉……."

"이, 이럴 수가……."

오러에 의해 검이 잘려 나간 기사들은 자신들을 버려둔 채 폴람 자작에게 달려가는 이안의 등을 보며 고개를 저었다. 그리고 이내 자신들의 실력으로는 그의 발길을 1초도 늦추지 못했다는 자괴감에 고개를 숙여야 했다.

"아, 안 돼!"

폴람 자작은 거대한 기운이 자신을 덮쳐오는 것에 뒤로 물러서며 손을 내저었다. 그러나 전신을 옭죄는 그 기운은 저항조차 할 수 없는 손길이 되어 두들겨 댔다.

"크헉… 사, 살려줘……."

공포에 질려 살려 달라는 말을 남기고 혼절해 버린 폴람 자작을 왼손으로 들어 올린 이안이 강력한 투기를 발산하며 외쳤다.

"적장을 나 이안 레이너가 잡았다. 모두 항복하라. 그럼 목숨만은 살려주마!"

우렁찬 그 외침이 전장을 뒤흔들자 안 그래도 기간트 캐러밴의 돌진에 패닉에 빠져 있던 병사들은 저항을 포기하고 말았다. 헬파이어가 터져서 도주로가 막힌 병사들에겐 더 이상 저항할 힘이 남아 있지 않았던 것이었다.

─대승을 축하하네.

전투가 끝나고 전장을 정리하던 이안은 끊임없이 오던 연락에 뜸을 잔뜩 들이다 통신을 받았다. 그리고 대공군을 모두 격파했다는 것을 알리며 지원군을 진짜 파병할 필요가 없다는 뜻을 밝혔다.

"축하는 받아들이겠습니다. 이제 대공군을 격파한 이상 지원군은 진짜 필요 없습니다."

—아니지. 대공군이 격파된 이상 우리의 지원이 더 필요할 것일세.

"그건 또 무슨 말씀이십니까?"

이안은 지원이 더 필요하게 될 거라는 라펠러 공작의 말에 고개를 갸웃거렸다.

—백작은 로크 제국을 너무 우습게 보는구먼그래.

"글쎄요. 제가 제국을 우습게 볼 까닭이 있겠습니까?"

—황제가 지금껏 지켜만 본 것은 크리스토퍼 대공이 확실하게 이길 거라는 믿음 때문이었네. 그러나 지금은 상황이 달라졌지.

"흐음… 대공군이 모두 죽거나 포로로 잡혔기 때문입니까?"

—그렇지. 어찌 되었든 자신의 동생일세. 그러니 동생이 잡히거나 죽는다면 황제의 체면은 바닥으로 떨어져 내리게 되는 거라네. 그걸 두고 보겠는가? 나 같아도 서부군을 모두

투입할 걸세.

로크 제국의 서부군은 체이스 제국과의 국경을 방어하는 부대로 2개 집단군으로 이루어져 있었다. 군단이 2개 모여서 이루어지는 집단군이니 병력만 40만을 상회하는 어마어마한 집단인 셈이었다.

'그들이 넘어온다면… 아무리 마동포의 위력이 강력하다고 해도 이겨내는 것은 힘들겠지.'

마법 스크롤을 기반으로 만들어지는 포탄은 마법사들이 스크롤 제작을 하는 숫자만큼 만들어진다. 하루에 많이 만들어봤자 30여 개 정도가 한계였다. 아레나의 던전에 모여드는 마계의 마나로 만들어서 그 정도이지 마법사의 마력을 퍼부어가며 만든다면 하루 10개도 못 만들 것이었다.

'포탄이 수천 발 정도 있다면 또 모르겠지만 그 이전에는 힘들지. 흐음……'

대공은 절대 죽여서도 안 되고 포로로 잡아서도 안 된다는 말이었다. 황제의 위신이 땅에 떨어지는 그 순간, 제국은 락토르를 지도 상에서 지우기 위해 미친 듯이 움직일 것이니 말이다.

─우리가 참전하면서 전쟁을 중재한다는 명분을 내세우면 모든 걱정이 사라지게 되네.

"전쟁의 중재라… 그럴까요?"

―당연하네. 서로 싸우지 말고 이단 심판관의 판정으로 모든 것을 해결하자고 나서는데 제국의 황제가 움직일 이유는 없지. 대공이 무사하다는 전제하에 말일세.

　이안은 라펠러 공작의 말에 고심을 거듭했다. 심각한 상황이 닥칠 수도 있으니 그것을 피해서 사태를 진정시키는 것이 최선이라는 판단이 섰다.

　"알겠습니다. 그럼 그 역할을 부탁드리지요."

　―하하하! 잘 생각했네. 내일 바로 출정하여 국경을 넘을 걸세. 락토르의 북부 국경을 넘을 것이니 왕성까지 열흘도 안 걸려서 도착할 수 있을 것이네.

　"열흘이라… 알겠습니다. 그럼 왕성에서 뵙죠."

　―그러세. 무운을 비네.

　라펠러 공작과의 마법 통신을 끝낸 이안은 그 열흘 안에 최대한 다아크 공작군을 두들겨서 후환을 줄일 생각을 했다. 다아크 공작이 거느린 사병은 아직까지 10만을 헤아렸고 만약의 사태가 벌어지면 그자는 최후의 발악을 할 것이었다. 그러니 그 전에 상황을 종료시키는 것이 최선이었다.

　콰직! 우장창창!

　"술 가져오라. 술!"

　크리스토퍼 대공은 대취한 음성을 흘리며 비틀거리는 몸

을 주체하지 못했다. 그의 주변에는 놀란 백작과 다아크 공작이 서서 무겁게 가라앉은 시선으로 그를 바라보았다.

"하아… 어쩌다 일이 이 지경이 됐는지 모르겠습니다."

"다 이 늙은이의 실책일세. 대공께서 실망이 이만저만이 아닌 듯하구먼."

다아크 공작은 한 번도 저런 모습을 보여주지 않았던 크리스토퍼 대공의 모습에 고개를 살살 내저었다. 무능하고 힘없는 락토르의 왕실보다 로크 제국의 황가 출신으로 엄청난 힘을 소유한 그를 선택했던 것이 실수였던 것은 아닌지 싶었다.

"나가세. 당분간은 술로 괴로움을 이겨내시는 것도 나쁘지 않으니."

"그러시죠."

놀란 백작은 다아크 공작과 같이 나오며 상황을 타개할 방법에 대해서 물었다.

"이제 어떻게 하실 생각이십니까? 그 이안 레이너라는 자가 소유한 괴병기를 당해낼 방법이 없으니 말입니다."

대공군은 괴멸당했고 대공 이하 귀족들과 기사들만 간신히 빠져나와 왕성으로 온 상태였다. 그 이후 독립여단은 느긋하게 이동을 하며 무주공산이 된 지역을 주파하고 있었다. 세작들의 보고로 사흘 정도면 독립여단이 왕성에 도착한다는 것을 알고 있었다.

"독립여단이 먼저 왕성에 도착할 걸세. 그때 그놈들에게 쓴맛을 보여주어야지."

"가능하겠습니까? 그 괴병기는 어찌하시려고요?"

"흐흐흐! 방법이야 만들어야지. 가세. 지금 주요 지휘관들이 작전 회의를 하고 있으니 말이야."

놀란 백작은 이미 모든 병력을 잃은 상태였다. 살아남은 병력이라고 해야 수천 단위였으니 그 병력으로는 대공의 호위에만 전력을 다해야 할 판이었다.

"충!"

다아크 공작 휘하의 주요 지휘관들이 대책 회의를 하고 있는 회의실 앞에 도착하자 철통같은 경계를 서고 있던 기사들이 군례를 올렸다.

"안에 통고하도록!"

"예, 각하!"

호위기사는 문을 열고 목청을 높여서 떠들고 있는 지휘관들에게 공작의 입장을 알렸다.

"공작 각하 드십니다!"

"모두 예를 갖추도록!"

제일 상석에 앉아 있던 자는 다아크 공작의 일파로 락토르 왕국 최고의 검사로 알려진 제1 근위기사단장 모드리치 후작이었다. 그는 얼른 자리에서 일어나며 공작이 상석에 앉을 수 있도록 비켜섰다.

"모두 수고가 많네."

"아닙니다, 각하!"

"모두 좌정하게."

"감사합니다!"

힘차게 대답하고 자리에 앉는 제장들을 지켜본 다아크 공작이 우측에 자리한 모드리치 후작에게 시선을 돌렸다.

"지금까지 회의를 했으니 어느 정도는 대책이 마련됐을 거라 믿겠네."

모드리치 후작은 지휘관들이 지금까지 내놓았던 대책이라는 것들 중에서 가장 그럴싸한 것을 공작에게 이야기했다.

"각하께서도 아시겠지만 왕성은 난공불락의 요새와 같습니다. 병사 한 명이 능히 백 명을 상대할 수 있는 지형이지요."

"그거야 모두가 아는 바고. 요는 이안 레이너 그 애송이 놈을 어떻게 공략할 것인지가 아니겠나?"

수비는 걱정하지 않아도 되는 지형적인 이점을 가진 곳이 락토르의 왕성이었다. 200미터의 깎아지른 절벽으로 둘러싸인 바위산에 세워진 왕성이었으니 뚫으려면 적어도 10배 이상의 병력으로 들이쳐야 가능할까 말까 했다.

"한 가지 방법이 있습니다, 각하!"

"방법이 있어? 말해보게."

한 마법사가 하는 말에 다아크 공작은 눈에 이채를 드러냈다. 공략이 힘들 것으로 여겨졌던 이안과 그의 군대를 공격할 방법이 있다는 말은 오랜만에, 아니, 처음으로 들어보는 것이었으니 말이다.

"이 왕성을 공략하려면 결국 마동포가 아니면 불가능합니다. 그것도 200미터 위쪽을 향해서 쏘아야 하는 것이죠."

자신이 한 말을 머릿속으로 상상해 보라는 듯이 마법사는 말을 잠시 끊으며 좌중을 훑어보았다.

"계속하도록."

"제국의 마동포보다 사거리가 월등히 길다고는 하나 3㎞를 넘어가지 못하는 것도 아실 것입니다."

"그렇지. 그래서?"

부연 설명이 길어지자 다아크 공작의 눈에 조금씩 짜증이 묻어 나오기 시작했다. 그것을 느끼는지 마법사는 헛기침을 하며 바로 결론으로 들어갔다.

"마동포를 세울 곳에 미리 마법 트랩을 설치하는 겁니다. 적들이 포격을 가할 장소는 정해져 있으니 그곳에 미리 트랩을 깔고 포격이 시작됐을 때 터뜨리는 거죠. 그럼 한 번에 마동포를 제거할 수 있습니다."

마법 트랩을 깐다는 말에 공작은 고개를 갸우뚱거렸다. 마동포를 방열할 때 그 정도도 체크하지 않을까 싶은 것이었다.

"마법 트랩이 들키지 않겠는가?"

"사흘이라는 시간이 있으니 들키지 않도록 만들 방법이 있습니다."

"그 방법은 또 뭔가?"

"설치할 곳 아래에 마법사들이 들어갈 굴을 파는 겁니다. 마법사가 대기하고 있다가 시간이 되면 마법 트랩을 발동시키는 거죠. 그러면 아무리 미리 조사를 한다고 해도 들킬 염려가 없습니다."

"흐음… 그렇군. 그런 방법이라면 가능하겠어."

마법 스크롤을 잔뜩 지닌 마법사가 미리 땅굴을 파고 들어가서 대기하고 있다면 적들이 의심할 염려는 없어진다. 마동포를 방렬하고 공격을 시작할 때 스크롤을 터뜨리면 그 위쪽은 그야말로 죽음의 땅이 되어버릴 것이었다. 마동포를 한 번에 날려 버릴 수 있는 계책이었다.

"좋다. 그 계획을 자네……."

"반스입니다. 각하!"

"그래, 반스 자네가 맡아서 진행하도록 해. 스크롤은 왕성에 있는 것을 모두 써도 좋으니 말이야."

"하하! 맡겨주십시오."

반스는 6클래스의 흑마법사로 공포로 불리는 마동포를 한 번에 날려 버릴 생각에 싸늘한 미소를 입가에 걸었다. 헬파이어가 발동되었을 때 그것을 날려 버린 것이 이안이라는 것을 그들도 알고 있었기에 최대한 조심해서 일을 진행할 작정이었다.

쿠르르르르르르릉!

거대한 들판을 달리는 기간트 캐러밴의 움직임이 만들어 낸 소음이 귀청을 때렸다. 멀리 거대한 절벽들로 이루어진 암석 지대에 세워진 락토르의 왕성이 보이기 시작하자 그 소음이 멎었다.

"모두 정지!"

"정지! 정지하라!"

토리의 명령에 일사분란하게 캐러밴이 멈췄고, 이내 상판이 열리며 독립여단의 병력들이 우르르 내리기 시작했다.

"빠르게 진지를 구축한다. 서둘러라!"

"추웅!"

왕성에서 5㎞ 정도 떨어진 곳에 세워진 캐러밴이 둥글게 원을 그리듯이 서며 진채의 외벽을 채웠다. 캐러밴 자체가 강철로 만들어진 탓에 어지간한 성벽보다 캐러밴이 더 단단하고 뚫기 어려운 벽이 되어줄 것이었다.

"휘유… 보면 볼수록 난공불락이라는 말이 새삼 떠오른다.

저걸 어떻게 깨지?"

"그러게 말이야. 우리가 지켜야 할 때는 별생각이 없었는데 깰 생각을 하니 답답하다, 정말. 크크크!"

토리와 안드레아는 락토르의 왕성을 보며 혀를 내둘렀다. 왕성으로 들어가는 입구도 100여 미터의 완만한 구릉을 타고 올라가야 겨우 들어갈 수 있었다. 그리고 200미터의 절벽이 성벽을 대신하고 있었으니 어떻게 뚫어야 할지 감이 잡히지 않았다.

"무슨 고민을 그렇게 땅이 꺼져라 한숨 내쉬어가며 하는 거야?"

"어? 왔냐?"

"저걸 보면 너도 한숨이 나오지 않냐? 에휴……."

이안의 등장에 친구들은 한숨을 더욱 크게 내쉬며 어깨를 축 늘어뜨렸다. 정말 답이 나오지 않는 락토르의 왕성의 위엄에 짓눌린 것이었다.

"굳이 싸울 필요는 없어. 싸우지 않고 체이스 제국의 파병군이 오면 이단 심판으로 해결해도 되니까."

"하지만……."

"물론 그러기에는 우리의 자존심이 허락하지 않지. 얻어맞았으면 그 열 배는 때려줘야지. 적어도 그게 남자니까."

"내 말이."

"방법은 있고?"

토리는 이안에게 방법이 있느냐고 물었다. 왕성을 공략하려면 적어도 수비 병력 4배 이상의 병력이 필요했다. 아무리 마동포가 뛰어나다고 해도 절벽을 모두 포격으로 깎아낼 수는 없었으니 말이다.

"방법이라……."

이안은 왕성을 함락시킬 방법에 대해서 지금까지 무수히 많은 고민을 했다. 그러나 아무리 날고뛰는 재주가 있어도 왕성을 함락시킬 방법은 요원하기만 했다. 병력의 차이가 너무 컸고 병력이 충분하다고 해도 왕성을 함락시키기 위해 흘려야 할 피가 너무도 크다는 것이 마음에 걸렸다.

'이단 심판으로 모든 사태를 정리하는 것이 최선일까? 아니… 다아크 공작… 그자는 심판 결과가 나와도 끝까지 왕성을 볼모로 삼아서 저항할 것이다. 능히 그러고도 남을 자야.'

이안은 어떻게든 왕성을 함락시켜야 한다는 결론을 다시 한 번 내리며 입술을 지그시 깨물었다.

'아… 레알리스의 던전이 있었지… 그걸 잊고 있었다.'

아레나의 던전의 에고보다는 못해도 레알리스의 던전도 상당히 뛰어난 에고 시스템을 갖추고 있었다. 그리고 무엇보다 던전의 가디언으로 사용되고 있는 에고 쥘베른들이라면 상당히 재미있는 싸움이 가능할 테고 말이다.

"있다. 그러니까 마음 놓고 싸울 준비에만 전력을 다해."

"그래? 흐흐흐! 역시 이안이다."

친구들의 환한 얼굴을 보며 이안은 레알리스의 던전으로 들어가야 할 필요성을 느꼈다. 그곳에서부터 왕성을 점령할 방법이 생길 것이니 말이다.

6장

왕성 탈환 작전.

　아공간은 7클래스의 마법사가 되면 만들어낼 수 있는 마법적인 공간이었다. 처음 7서클 비기너가 되면 그 크기가 고작해야 1평방미터 정도의 작은 크기에 불과하지만 서클이 안정화되고 마법적인 능력이 올라가면 그 크기는 기하급수적으로 커진다.

　'내 아공간의 크기가 이제 10평방미터 정도인가? 조금만 더 컸으면 좋았을 것을……'

　레이첼이 남긴 아공간 아티팩트의 크기는 50평방미터 정도로 무척 커다란 크기였다. 잡다한 것들과 라피드, 마동포

등등을 가득 채우고 다니는 탓에 새롭게 만든 자신의 아공간에 대한 아쉬움이 컸다.

'에고 쥘베른들을 아공간에 넣어서 중요한 순간에 풀어놓으면 아주 재미있을 건데 말이지.'

에고 쥘베른 10기와 레이첼이 만들어놓은 스톤 골렘의 핵을 이용한다면 왕성 내부에서부터 적을 공격하는 것이 가능했다. 스톤 골렘만 해도 상급의 익스퍼트가 아니라면 상대하기가 어려운 전력이었다. 거기다 에고로 움직이는 쥘베른까지 더해지면 기사단 정도는 순식간에 처리할 수 있었다.

슈우우우우웅!

빠르게 날아가는 비행 원반 위에서 이안은 적들의 눈에 띄지 않게끔 인비지빌리티 마법을 사용하여 몸을 숨겼다. 덕분에 왕성의 상공을 가로질러 바위산이 길게 뻗어 있는 왕성의 뒤편으로 접어들 수 있었다.

'다행이 레알리스의 던전으로 들어가는 곳은 적들도 알아내지 못했구나.'

비공정이 드나들 수 있을 정도로 커다란 홀이 뚫려 있었지만 가장 높은 곳에 난 탓에 들키지 않았다. 조심스럽게 홀을 타고 내려가자 비공정을 타고 탈출했던 4구역으로 들어설 수 있었다.

─마스터의 방문을 환영합니다.

바로 레알리스의 음성이 들려왔다. 이안은 레알리스의 환영을 받으며 4구역을 통과해 1구역까지 빠르게 이동했다.

"흐음… 입구가 막힌 건가?"

―마스터께서 나가신 이후 입구에서 강력한 폭발이 있었습니다. 1구역의 출입구가 완전히 막힌 것으로 보입니다.

"이런……."

지하 감옥에서 출입구까지의 거리는 100여 미터 남짓이었다. 그 길이 붕괴됐다면 뚫는 것만 해도 꽤 오랜 시간이 걸릴 것이었다.

'뚫으려면… 아! 아니지. 그 방법이 있었어.'

이안은 입구를 다시 뚫어야 한다는 생각에 잠시 인상을 찌푸리다 곧 떠오른 생각에 미소가 번졌다.

"레알리스!"

―말씀하십시오, 마스터!

"스톤 골렘의 핵이 모두 몇 개지?"

스톤 골렘은 에고 쥘베른의 지휘를 받으며 던전을 수호하는 가장 강력한 힘이었다. 이전의 싸움에서 봤던 스톤 골렘의 수는 적어도 50기가 넘는 숫자였던 걸로 기억했다.

―가동 중인 스톤 골렘은 50기입니다. 예비 스톤 골렘의 핵까지 합하면 100기의 스톤 골렘이 있습니다.

"그래? 그거 잘됐군."

예비 전력으로 남겨둔 스톤 골렘의 핵은 아직 가동 전이기에 골렘의 핵만으로 존재하고 있었다. 그것으로 자신이 하려고 하는 일을 진행하면 될 것이었다.

"예비 스톤 골렘의 핵은 어디에 있지?"

─제 에고가 깃든 곳에 있습니다. 가져다 드릴까요?

"아니, 내가 거기로 가는 게 낫겠어."

에고 시스템이 깃든 곳이라면 던전의 핵이라고 할 수 있는 장소였다. 마지막 구역은 제왕의 구역이라고 하여 리하르트 왕국의 후계만 들어갈 수 있어서 예외적인 구역이었다. 제왕을 위한 안배가 된 곳이라 레알리스의 에고 시스템도 그 구역은 피해서 만들어져 있었다.

─비행 원반을 보내 드리겠습니다.

"비행 원반이 여기도 있어? 헐……."

비행 원반은 레이첼이 만든 편의 도구 가운데 최고의 역작이라고 할 수 있는 물건이었다. 그런 것이 레알리스의 던전에도 있다고 하니 그녀의 능력이 얼마나 대단했었는지 알 것 같았다.

스르르르륵!

부유하며 날아오는 비행 원반의 등장에 이안은 급히 자신 소유의 비행 원반을 아공간에 집어넣으며 올라탔다. 그러자 레알리스의 인도에 의해 비행 원반이 빠르게 가보지 못했던 구역으로 이동했다.

'저기가 5구역… 일명 제왕의 구역이라 이건데…….'

아직 자신에게는 개방되지 않는 구역이었다. 앞으로도 저 구역은 들어가기 어려울 것 같았다. 리하르트 왕가의 혈통이 아니니 자격 자체가 없는 셈이었다.

"레알리스!"

—네, 마스터.

"리하르트 왕국은 멸망했고 그 후손은 남지 않았다. 그럼 저 제왕의 구역으로 들어갈 수 있는 사람이 없다는 뜻인데 말이야."

—지금으로서는 그렇습니다.

"지금이라면 나중에는 방법이 있다는 건가?"

—마스터께서 왕이 되시면 됩니다. 왕의 권좌에 오르시면 왕의 신물을 가지게 되실 겁니다. 그리고 그것으로 리하르트 의 적통을 잇는다는 선언을 하시면 됩니다.

"아… 왕이 되면 된다라… 거참…….'"

꿈같은 이야기를 너무도 현실적인 목소리로 답하는 레알 리스의 에고에 이안은 어처구니가 없었다. 왕은 아무나 되고 싶다고 되는 것이 아니지 않던가. 그리고 자신이 왕이 된다고 해도 저 제왕의 구역에 있다는 그 무언가를 필요로 하게 될지 도 의문이었고 말이다.

―도착했습니다. 입구를 개방합니다.

쿠궁! 드드드드등!

레알리스의 에고 시스템이 깃들어 있는 석실의 문이 거친 소음을 내며 열렸다. 수백 년 동안 열리지 않던 탓에 뽀얀 먼지가 일어나며 시야를 가렸다.

"이런……."

급히 호흡을 멈췄다. 흙먼지를 먹고 싶은 생각이 없었기에 한 행동이었는데, 레알리스가 윈드 마법을 가동하여 빠르게 흙먼지를 빨아들였다.

"고맙군."

―아닙니다. 마스터.

레알리스의 에고 시스템이 있는 곳으로 들어간 이안은 그 안의 모습에 상당히 놀라고 말았다. 아레나의 던전과는 다른 초기 버전의 에고 시스템이었는데 오히려 그것이 더 알아보기 쉬운 탓이었다.

'마법진을 저렇게 만들었군. 아레나의 던전은 너무 높은 마법 수식을 사용해서 알아보기 어려웠는데 말이야.'

차근차근 조사해 보면 자신의 마법 실력을 한 등급 더 높은 차원으로 끌어 올릴 수 있는 원동력이 되어줄 것 같았다.

'마나 집적진을 이용해서 레알리스의 에고 시스템을 유지하는 거로구나. 엄청나네.'

아레나의 에고 시스템은 마계의 마나를 이용해서 구동되는 방식이었다. 마계의 마나가 워낙 많이 흘러나왔고 그것을 처치하는 것도 버거운 실정이라 마나 집적진을 만들 이유가 없었다. 하지만 마나를 충당하기 어려운 이 지역에서는 마나 집적진을 무척 크게 만들어서 마나를 조달했다.

'저런 방식이라면 마나 명상법을 할 때 아주 도움이 많이 되겠군. 적어도 5배 이상의 마나를 흡수할 수 있을 테니 말이야.'

명상법을 시행할 때 흡수하는 마나로 마나 서클을 조금씩 키워 나가는 것이 마법사들이었다. 서클의 마스터가 되면 상위 서클로 올라가기 전까지 정체하지만 그 전에는 서클이 계속해서 확장되는 것이다.

—마스터! 골렘의 핵을 가져올까요?

"아! 그렇게 해."

이안이 마법진을 분석하느라 정신을 팔고 있자 레알리스가 주의를 환기시켰다. 그 덕분에 팽팽하게 돌아가던 이안의 집중력이 깨지고 마법진에서 눈을 뗄 수 있었다.

구구구구구궁!

스톤 골렘의 핵이 깨어나고 석실의 벽이 무너지며 골렘의 핵에 달라붙었다. 5미터 크기의 스톤 골렘이 완성되자 레알리스는 그 골렘을 움직여 나머지 골렘의 핵을 이안에게로 운반했다.

'핵이 꽤 크군.'

생각했던 것보다 스톤 골렘의 핵은 제법 부피가 나갔다. 사람의 머리통만 한 크기로 무수히 많은 마법 수식이 새겨진 마법진에 둘러싸인 모습이었다.

"아공간 오픈!"

이안은 자신의 아공간을 열었다. 바로 앞에 검은 공간의 틈이 열렸고 그 안으로 스톤 골렘의 핵을 빠르게 집어넣었다.

'이 녀석을 분해하면 이곳에 바위들이 쌓이겠군. 그냥 데리고 가는 것이 낫겠어.'

치우는 것은 에고만 있는 레알리스가 할 수는 없는 일이었다. 자신이 하거나 1구역에 몰려 있는 에고 쥘베른이 와서 치워야 하는데 그것도 귀찮은 일일 것이었다.

"따라오너라."

쿵! 쿵! 쿠쿵! 쿠웅!

스톤 골렘은 이안의 명령에 반응하여 바로 따라붙었다. 레알리스의 에고를 제외하고는 그다지 볼 것도 없는 터라 이안은 곧장 골렘을 데리고 1구역으로 이동했다.

'장난 아니게 부숴놨네.'

1구역의 입구는 무너진 바위들로 인해서 형체를 알아볼 수 없을 정도였다. 적어도 수백 톤은 넘어갈 정도의 바위와 흙더

미들이 쌓여 있어서 치우는 것만 해도 엄청난 시간이 소요될
것이었다.

'재료가 너무 많네. 후후!'

이안은 바위 더미가 쌓인 곳을 향해 아공간에서 꺼낸 스톤
골렘의 핵을 집어 던졌다.

"깨어나라, 스톤 골렘!"

후웅! 쿠구구구구궁!

이안이 던진 스톤 골렘의 핵이 바위 더미 사이로 떨어지기
무섭게 바위들이 급격하게 모여들었다. 그리고 핵을 중심으
로 뭉치더니 이내 5미터가 넘는 커다란 스톤 골렘이 몸을 일
으켰다.

"넌 저쪽으로 가라!"

이안은 일어난 스톤 골렘을 1구역 넓은 공동의 한쪽 구석
으로 보냈다. 스톤 골렘이 맨 끝으로 가서 서자 그는 마법을
즉시 해제시켜 바위를 바닥에 쌓이게 만들었다. 이안은 에고
쥘베른이 원래대로 돌아온 골렘의 핵을 옮겨주면 다시 바위
더미로 던져서 활성화시키는 식으로 입구를 막은 바위 더미
를 치우기 시작했다.

'이거 정말 대박인데? 20분도 안 걸려서 다 치울 수 있겠
어.'

스톤 골렘 1기를 이루는 바위의 양은 적어도 20톤은 넘어

가는 엄청난 양이었다. 50개의 예비 골렘의 핵으로 일으켰다가 해체하는 것으로 치우는 바위의 양은 정말 순식간에 정리가 끝난다고 할 정도였다.

"조금만 더 빠르게 움직여라. 입구가 보인다."

쿠궁! 쿠구구구구구궁!

스톤 골렘들이 더욱 속도를 올려서 움직이고 일어났다 해체되기를 반복했다. 순식간에 수천 톤이 넘게 쌓여 있던 바위 더미들이 사라지고 공동의 한쪽에 차곡차곡 쌓여갔다.

"정지!"

이안은 입구를 덮었던 바위 더미를 모두 치우자 급히 스톤 골렘들의 움직임을 멈춰 세웠다. 혹시라도 지하 감옥으로 통하는 입구 쪽에 감시자들이 있을지도 모르기 때문이었다.

'다행이 없군. 완전히 무너졌다고 생각해서 감시병도 두지 않은 모양이야.'

이안은 바깥쪽으로 기감을 퍼트려 확인을 한 후 비릿하게 조소를 머금었다. 아무리 바위가 무너졌다고 해도 감시할 병력조차 남기지 않은 것은 분명 실책이었다.

'입구는 더 뚫지 않아도 될 거 같고… 가만……'

이안은 스톤 골렘의 핵으로 바위 더미를 치우는 작업에 걸렸던 시간을 따져보았다. 100여 미터를 뚫는 데 고작 20분도 걸리지 않았던 것이 떠올랐다.

'그래… 시간이 조금 걸리겠지만 여기서 아군의 진영이 있는 곳까지 터널을 뚫자. 그럼 확실하게 적들을 궁지로 몰아넣을 수 있을 것이니.'

이안은 독하게 마음먹고 오늘 하루 두더지가 되기로 마음먹었다. 자신이 진하게 고생한다면 아군의 피해를 최소화시키며 왕성을 장악할 수 있는 수단이 생기게 될 것이었다.

"좋았어. 다시 시작한다. 방향은 저쪽이다. 시작!"

이안은 스톤 골렘의 핵을 이용한 땅굴 파기에 매달렸다. 바위산 위에 만들어진 왕성의 특성 덕분에 스톤 골렘을 이용한 땅굴 파기는 매우 빠르게 이루어질 수 있었다.

'무너지지 않아야 하는데… 흐음……'

이안은 터널이 파일 때마다 강화 마법을 걸어 터널이 무너지지 않도록 하는 작업을 해야 했다. 그렇게 하루 종일 파고 또 파자 왕성의 지하를 관통하는 아주 긴 터널을 만들어낼 수 있었다. 모두가 마법이 이루어낸 어마어마한 위업이라고 할 것이었다.

"하아… 하아… 정말 지친다… 으미……"

정신이 혼란스러워질 정도로 터널을 뚫는 작업에 매달린 이안은 금세라도 쓰러져서 자고 싶은 마음이 굴뚝같았다. 거침없이 마나를 퍼부어서 강화 마법을 건 덕분에 서클의 마나는 거의 바닥을 드러냈고 정신력 역시 고갈 직전이었다.

"그래… 너를 마지막으로 그만하자… 일어나라, 스톤 골
렘!"

이안은 마지막 스톤 골렘의 핵을 집어 던지며 활성화시켰
다. 그러자 땅속에서 주위의 바위들을 끌어들인 커다란 스
톤 골렘이 만들어졌다.

"헉… 시, 실드!"

갑작스런 외침에 이안은 정신이 번쩍하고 들었다. 땅굴을
파고 있는 상황에서 들려온 타인의 목소리는 있을 수 없는 일
이었기 때문이었다.

"누구냐!"

살기를 내뿜으며 쏘아져 나간 이안은 스톤 골렘이 일어난
자리에 떨어져 내린 사내에게 검을 겨눴다.

"으으… 하, 항복합니다."

로브를 걸친 것을 보면 마법사가 분명했다. 그러나 느껴지
는 기운은 고작해야 3서클 정도의 마법사였다. 이안의 검에
서 피어오른 오러를 보고 겁에 질려 항복해 버린 것을 봐도
의지기 굳은 인물은 아닌 듯싶었다.

이안은 검은 로브를 걸친 마법사가 땅속에서 떨어져 내리
자 황당함을 금하지 못했다. 자신이 느끼기에 지금 이곳은 땅
속으로 50미터는 족히 내려간 지점이었으니 말이다. 적이 그

런 땅속에 있다는 것은 무엇을 의미하는 걸까. 생각해 보면 답이 딱 하고 나왔다.

"임무가 뭐냐?"

단도직입적으로 임무에 대해서 묻자 마법사는 겁에 질린 상태에서도 선뜻 입을 열지 못했다. 아마도 죽음에 대한 공포보다 그것을 이길 수 있는 무언가가 그의 입을 다물게 하는 것일 터였다.

"품 안에 가지고 있는 것들을 모두 꺼내놓도록."

"그건… 아, 알겠습니다."

이안이 오러가 가득 실린 검을 살짝 밀어 그의 목에 상처를 냈다. 그러자 마지못해 가지고 있는 것들을 모두 꺼내놓았는데 그중에 이안의 눈길을 끄는 것이 있었다.

'스크롤이라… 그것도 5클래스의 마법이 각인된 스크롤이라면… 재미있군.'

누가 생각했는지 몰라도 미리 땅을 파고 숨은 채 적을 기다리고 있는 거였다. 마법을 사용한 것이 아니기에 들키지 않을 것이 분명했고 99%는 그 자리를 지나칠 것이니 말이다.

'그나저나 여기가 어디쯤이었지?'

이안은 하루 종일 골렘을 이용한 터널 만들기에 골몰했다. 마력이 고갈될 정도로 미친 듯이 터널을 파며 대강의 위치를 향해 왔었기에 어디쯤인지에 대해서는 감이 서질 않았다.

"매직 아이!"

이안은 마법을 펼쳐서 지상을 살폈다. 마나가 전달해 주는 영상이 보였다. 그러자 왕성을 지나서 아군이 진채를 꾸린 곳과 그리 멀지 않은 곳임을 알 수 있었다.

'이 정도 거리라면… 헐… 마동포를 노린 거였어?'

진채를 공격하는 것도 아니고 마동포로 공격할 수 있을 만한 거리에 마법사들을 박아놓은 거였다. 아마도 마동포가 이 위치에 방열되면 그 즉시 지상을 향해 스크롤로 공격을 가했을 것이었다.

'자살 특공대라니… 다아크 공작도 어지간히 속이 탔나 보군.'

어떻게 생각해 보면 가장 확실하게 적을 타격할 수 있는 공격이라고 할 수 있었다. 물론 이외에도 여러 가지 공격 방법이 있겠지만 아무런 의심도 하지 않고 모여 있다가 당한다는 것을 생각하면 최상의 방법일 것이었다.

'일단 모두 제거하는 것이 좋겠다. 마동포만 제거하려고 한 것을 보면 나올 생각은 없는 거 같으니까.'

다아크 공작의 병력은 이제 역으로 체이스 제국의 병력이 오기만 기다리고 있었다. 그들이 오면 싸우는 것이 아닌 이단 심판관을 통한 결정으로 모든 것이 결착될 것이기 때문이었다.

'성녀를 내가 빼돌린 것을 알 텐데도 그런 결정을 하다니… 아직도 자신들이 유리할 거라고 생각하고 있나?'

데스블러드의 정체를 알아낸 것을 그들이 모른다고 해도 드러나는 여러 증거들이 다아크 공작 측에 불리하게 작용할 것이었다. 그런데도 이단 심판관의 결정에 걸고 있다는 것이 조금은 불안한 마음이었다.

'확실하게 끝장을 내야지. 이단 심판관의 결정이 억지로 이루어진다고 해도 소용이 없게끔.'

이안은 그러기 위해서 다아크 공작과 성 안에서 농성 중인 귀족들 모두를 붙잡을 생각이었다. 그들이 힘을 가지고 있을 때는 위증을 할 존재들도 있겠지만 그 힘이 사라진다면 그런 가능성은 사라질 것이니 말이었다.

'아 참… 적을 눈앞에 두고 내가 무슨 생각을 하고 있담. 쩝!'

딴생각을 하느라 흑마법사가 슬슬 딴짓을 하려고 하는 것을 놓칠 뻔했다. 미세한 마나의 움직임에 정신을 차린 이안은 급히 흑마법사의 마나로드에 오러를 날렸다.

퓨퓻!

"컥! 끄르……."

이안의 오러에 의해 마나로드가 끊어지자 기괴한 소리를 내며 괴로움에 몸부림을 쳤다. 이내 축 늘어진 흑마법사는 눈을 까뒤집은 채 죽음을 맞이한 모습이었다.

'다른 놈들도 모두 죽여야지. 어디 얼마나 숨어 있는지 보자.'

이안은 기감을 열고 마법을 사용하여 땅속에 숨어 있는 자들을 찾았다. 근 10미터 간격으로 땅속에 구덩이를 판 채 몸을 숨기고 있는 자들이 적어도 50여 명에 달했다. 대부분은 일반 병사들로 보였고 10여 명의 마법사들이 그들을 지휘하는 역할을 하는 걸로 추측됐다.

'어디… 이놈부터!'

피피피피핏! 푸학!

오러를 한 점으로 모아 강하게 뻗어냈다. 범위를 최소화하자 오러는 흙을 뚫고 나갔다. 10미터를 관통한 오러가 숨어 있던 자의 몸까지 뚫어버리자 비명도 지르지 못하고 죽음을 맞이했다.

'이것도 일이네… 제길…….'

이안은 구시렁거리며 숨어 있는 자들을 모두 제거하는 일에 매달렸다. 쉬지도 못한 채 죽어라 일만 해야 하는 처지가 새삼스럽게 서글픈 그런 하루였다.

"야! 도대체 어디를 갔다 온 거냐?"

"맞아. 싸움이 벌어졌으면 어쩌려고 그러는 거야, 엉?"

토리와 안드레아는 이안이 짙게 내려앉은 다크서클과 온몸에 묻은 흙투성이의 모습으로 나타나자 바로 타박을 가해 왔다.

"야야… 나도 죽겠다. 그러니 1절만 하자. 응?"

"아, 그러세요? 장군님께서 그렇게 말씀하시면 대령들은 찌그러져야겠죠, 암요."

토리는 이안이 귀찮다는 듯이 하는 말에 발끈해서 빈정거리듯 말했다. 말을 하지 않은 이안의 일탈로 인해 노심초사한 것이니 그러는 것도 무리는 아니었다.

"하루 종일 왕성으로 들어가는 침투로 뚫고 왔다. 그러니 그만하자. 알았냐?"

"그러냐? 진즉에 말을 하지, 그럼."

"그러게. 말을 안 하면 우리가 어떻게 아냐고."

두 친구는 이안이 고생하고 온 것을 알자 조금은 미안한지 퉁명스럽게 말하며 입술을 삐죽거렸다.

"후아… 저것들 준비를 단단히 했더라고."

의자에 주저앉은 이안이 입고 있던 군복 상의를 귀찮다는 듯이 풀며 말했다.

"준비? 농성 준비 말하는 거냐?"

"그것도 그거지만 마농포를 방열할 위치에다 마법사 놈들을 땅속에 숨겨놨더라고. 이거 봐라."

이안이 아공간을 열어서 우르르 쏟아낸 것은 수백 장이 넘는 마법 스크롤들이었다. 하나같이 5클래스의 화염 마법이 각인된 것으로 한꺼번에 발동된다면 아마 성 하나쯤은 가뿐하게 날려 버릴 수 있을 양이었다.

"헐… 근데 어떻게 안 거냐? 거기 숨어 있는 거 말이야."

"왕성으로 들어가는 땅굴을 팠다니까. 그러다 얻어 걸린 거고."

"아… 정말 너는 재수도 좋다. 크크크!"

이안이 아니었다면 큰 타격을 받았을 뻔했다는 생각에 두 친구는 고개를 설레설레 내저었다.

"난 좀 쉬어야겠다. 당장은 싸움이고 뭐고 다 귀찮다."

"그래라. 어차피 날도 저물어가니."

야습을 할 생각도 없는 적이었다. 왕성의 문을 굳게 걸어 잠근 채 독립여단이 공격하는 것을 방어할 태세만 군건하게 내보이고 있었다.

"마동포 발포!"

"발포! 발포하라!"

뻐벙! 뻐버버버버버벙!

100여 문의 마동포가 일제히 포격을 가했다. 검은 탄환이 쏘아져 나가며 검은 실선들이 허공에 가득했다.

"명중이요!"

"으하하! 꼴좋다!"

포탄은 거의 소진했고 새로 비공정으로 공수해 온 것도 그다지 많은 수량이 아니었다. 그래서 쏘는 것은 철환이었고 성벽을 부수거나 왕성의 문을 타격하는 것이 목적이었다.

"아주 포격 연습 제대로 하는구면."

"그러게 말이다. 각도별로 얼마나 나가는지도 달달 외울 정도야. 정말 최정예 포수들이 된 거지."

1㎞ 밖에 과녁을 세워놓고 쏜다고 해도 맞힐 정도로, 독립 여단의 포수들은 고도의 포격술을 익혀가고 있었다. 적이 철옹성 안에서 절대 나올 생각을 하지 않으니 포격 외에는 할 짓도 없었던 탓이었다.

"다들 어디쯤 온다고 했냐?"

"2군단은 내일쯤 도착할 거다. 체이스 제국군은 사흘 정도 걸릴 거고."

체이스 제국군이 도착하기 전에 끝장을 내야 했다. 그래야 이단 심판관의 심판을 할 수 있을 것이니 말이다.

'헥토르 그자가 있어야 한다. 왕성 내부에서 싸울 인원은 최정예로 뽑아야 할 테니까.'

자신이 있다고 해도 왕성 안에는 칼리엄 공작이 버티고 있었다. 그자를 상대로 한 수 이득을 보기는 했지만 그것이 다음에도 또 그럴 거라는 보장이 없었다. 오러를 이용해서 빠르게 움직이는 자신의 방법을 한 번 겪었으니 그에 대한 대책을 그도 마련했을 것이다.

"안드레아!"

"왜? 무슨 말을 하려고 그렇게 무게를 잡냐?"

"네가 여단 본부에 갔다 와야겠다."

"내가? 가서 뭐를 하라고?"

"왕자님하고 헥토르 후작을 모셔와."

"끄응… 꼭 내가 가야겠냐?"

안드레아는 아레스 왕자와 헥토르 후작을 자신이 데리고 와야 한다는 것에 부담감을 느꼈다. 계급은 대령이지만 다른 동기들이라면 평기사, 그것도 초급 기사의 신분이었다. 그러니 부담이 느껴지는 것은 어쩔 수 없는 문제였다.

"왕성을 공략하려면 헥토르 후작이 꼭 필요하다. 칼리엄 공작은 내가 상대한다고 해도 모드리치 후작을 상대할 사람이 필요해."

"그건 그러네. 에휴… 별수 없지. 갔다 오마."

"비공정으로 가면 금방 갔다 올 수 있을 거다."

비공정은 지금 하루에 한 번씩 독립여단과 왕성을 운행하고 있었다. 날마다 만들어지는 포탄을 실어 나르고 소모된 인공 마나석을 아레나의 던전에서 교체하는 임무를 수행하느라 그런 것이었다.

"이실리스 후작님에게는 국왕 전하와 왕실의 가족분들을 워프 마법으로 이동시켜 달라고 전하고."

"비공정으로 모셔오면 되는 거 아냐?"

"그러기에는 자리가 좁다. 운반해야 하는 물건들이 있어서 말이야."

"알았다. 그럼 바로 가면 되는 거냐?"

"그래, 바로 가라."

이안에게 격식이라고는 찾아보기 어려운 경례를 붙인 안드레아가 떠나갔다.

"장군! 보고드릴 것이 있습니다."

"말하라."

안드레아가 떠나기 무섭게 달려온 맥기 중위가 정중한 군례를 취한 후 대답했다.

"1시간 거리에 대규모 병력이 출현했습니다."

"어디서 오는 병력인지 확인했나?"

"남부 귀족군입니다."

"남부 귀족군? 전령을 보내서 누가 주장인지 확인해 보도록!"

"네, 장군!"

남부 귀족군이라는 말에 이안은 부친인 비어홀트 남작이

이끄는 군대일 거라 생각했다. 지난 싸움에서 승리한 이후 비어홀트 남작과 연합을 한 귀족들이 군대를 몰아온 것일 터였다.

'전부 모여드는가?'

남부의 귀족군은 부친인 비어홀트 남작의 주동으로 움직였을 공산이 컸다. 대공군을 격파한 독립여단의 승전보가 퍼지면서 지금이라도 끼어들어 공신이 되고자 하는 자들이 욕심을 부렸을 것이고 말이다.

'기사들이 많이 필요했는데 어찌 보면 다행이라고 해야 할 수도 있겠고… 복잡하네.'

왕성을 공격할 인원은 전원을 기사 이상의 실력자들로 구성할 생각이었다. 에고 췰베른과 스톤 골렘이 있으니 병사들은 문제가 되지 않을 것이었다. 오로지 실력 있는 기사들만으로 근위기사단을 뚫고 들어가 다아크 공작과 1왕자를 체포해야 했다. 그러니 지금이라도 몰려오는 귀족군을 반가워해야 하는 실정이었다.

'독립여단에 기사 전력이 너무 적은 것이 한스럽구나. 후우…….'

백작이 되면서 기사들을 모집했었지만 그 인원은 그리 많지 않았다. 마스터가 되면서 늘어나기는 했지만 그들의 대부분은 영지 성이 건설되고 있는 곳을 지키고 있었다.

"장군! 부친이신 레이너 남작님께서 오고 계십니다."

"알았다. 내가 마중 나가도록 하지."

이안은 부친인 비어홀트 남작이 온다는 보고에 얼른 자리에서 일어났다. 지난 싸움에서 헤어진 이후 며칠 흐르지 않았지만 가족이라는 이유만으로 반가운 것은 본능적인 것이리라.

'아버지도 이제는 제법 카리스마가 넘치는 모습이시네. 후후후!'

카리스마는 권위에서 나오는 법이다. 그 권위는 자리에서 나오는 것으로, 지금의 비어홀트 남작이 위치한 자리가 그것을 가능하게 만들었다.

"워워! 정지!"

비어홀트 남작이 선두에서 말을 달려오다가 이안을 발견하고 정지를 외쳤다. 그의 뒤에는 적어도 3만 이상의 병력이 따랐는데 그의 명령에 일제히 멈춰 섰다.

"어서 오세요. 아버지!"

"하하하! 장하시오, 레이너 백작!"

부친의 말투가 상당히 달라졌다는 것을 느끼면서도 이안은 내색하지 않았다. 다른 귀족들이 보고 있었기에 조금은 닭살 돋는 말투로 포장하는 것임을 아는 까닭이었다.

"아 참! 대공군을 모두 격멸시켰다고 들었소. 정말 장하시오."

"감사합니다."

"내 아들이지만 정말 백작은 이 나라의 보배요, 보배!"

비어홀트 남작이 남들에게 들으라는 듯이 외쳤다. 그러나 그 어떤 귀족들도 그 말에 표정이 일그러지지 않았다. 그들이 생각하기에도 이안이라면 그런 이야기를 들어 마땅하다는 표정들이었다.

"모두 지휘소로 가시지요. 군대는 본영의 좌우에 분산해서 배치하시면 될 겁니다. 토리 대령이 수고 좀 해줘."

"알겠습니다, 장군!"

토리도 다른 이들이 있으니 깍듯하게 이안을 예우하며 자리 배치를 맡았다. 그런 친구들의 배려 속에, 이안은 부친과 다른 귀족들을 데리고 본영으로 들어갔다.

7장

공중에서, 땅속에서

　모여드는 귀족군들로 인해 이안의 작전은 차일피일 미뤄
졌다. 대공군을 격멸한 사실이 알려지자 다아크 공작의 승리
에 부하뇌동하던 자들이 일제히 군을 일으켜 근왕군을 자처
한 탓이었다.

　'인심 참 고약하다. 쯧쯧!'

　임시로 마련된 천막 회의소에는 왕을 대신하여 전권을 쥔
아레스 왕자가 상석에 앉았다. 그리고 그 밑으로 이실리스 후
작을 위시한 아레스 왕자의 충신늘이 배열해 있었다.

　"신 톨레도 백작이 충성을 맹세하나이다."

"신 오즈본 자작이……."

아레스 왕자의 앞에 무릎을 꿇고 충성을 맹세하는 자들은 이제 근왕군을 자처하고 달려온 귀족들이었다. 다아크 공작의 근거지인 북서부의 귀족들 중에서도 중립을 지키던 자들이 그들이었다.

"오느라 고생들이 많았습니다. 이제라도 락토르 왕가를 위해 검을 든 그대들을 내 잊지 않겠습니다."

아레스 왕자도 그다지 좋아하는 눈빛은 아니었다. 그러나 이제라도 와준 그들을 내친다면 나중이 문제가 되는 터라 억지 미소를 입가에 그린 채 그들을 맞이했다.

"감사합니다, 왕자 저하!"

"인사는 그쯤 하면 되었고 모두 자리에 앉읍시다. 좌정들 하시오, 들!"

"네, 저하!"

아레스 왕자의 말에 귀족들은 자신의 작위에 맞는 자리를 찾아가 앉았다. 대부분이 자작 이하의 귀족들이었기에 아래쪽에 자리했다.

"흠흠! 회의석상에서는 하대를 하더라도 이해를 바라겠소. 그럼 회의를 계속하도록 하겠소. 이실리스 후작!"

"하명하십시오, 저하!"

"지금 상황에서 왕성을 공략하는 것이 우리에게 어떤 이득이 있는지 설명해 주시오."

아레스 왕자는 왕성을 함락시키는 것에 대해서 회의적이었다. 이실리스 후작에게 먼저 그리 물은 것은 다른 귀족들에게 가만히 지켜보라는 뜻을 밝힌 것이라 할 수 있었다.

"우선 피해가 너무 큽니다. 함락을 시킨다고 해도 아군의 피해가 너무 크고 300년 왕도가 폐허가 될 것입니다."

"으음… 그리고 또 있소?"

"곧 체이스 제국의 원군이 도착할 것입니다. 그들이 도착하면 싸움을 하지 않더라도 왕국에 덧씌워진 누명은 걷힐 것이니 다아크 공작과 그 일파들은 자연 형장의 이슬로 사라질 겁니다. 굳이 국력을 소모해 가며 싸울 이유가 없습니다."

체이스 제국의 원군이 싸울 거라는 생각을 하는 것을 보면 상당히 순진하다는 생각이 들었다. 잠자코 지켜보던 이안은 왜 저런 뜻을 밝히고 그쪽으로 몰아가는지 알 수 없었다. 아니, 어렴풋이 알기는 하지만 정말 그런 거라면 실망도 이만저만한 실망이 아닐 것이었다.

"마지막으로 그런 피해를 감수한 채 승리한다고 해도 그다음이 문제입니다."

"그다음이 문제라니 어떤 문제가 있다는 것이오?"

"왕성을 함락시키는 과정에서 피해가 커질 경우 아국은 3, 4군단만 남게 됩니다. 안 그래도 모자란 병력인데 혹시

모를 타국의 침입에 제대로 대항조차 하지 못하고 패망으로 가게 될 겁니다."

"으음… 그 정도로 심각한 것이오?"

"그렇습니다. 저하."

1, 2군단과 귀족군을 합하여 사라진 병력만 30만을 상회하게 될 것이었다. 아무리 국력이 강한 나라라고 해도 30만의 병력이 사라지면 적어도 20년은 허덕이는 것이 보통이었다. 락토르가 부강한 나라였다고는 해도 지금은 최악의 상황이 아니던가.

"마지막으로 레이너 백작이 다아크 공작이 저지른 패악에 대한 증거를 모두 가지고 있고 이단 심판관도 안전하게 보호하고 있습니다. 그러니 이단 심판으로 가는 것이 피해도 줄이고 다아크 공작의 사병들을 취할 수 있어서 나라의 안전도 보장받을 수 있는 길입니다. 그러니 왕성 함락은 해서는 안 될 것입니다."

"알겠소. 내 후작의 의견은 깊이 수렴하겠소."

아레스 왕자의 얼굴에 미소가 번졌다. 귀족들 역시 이실리스 후작의 의견에 대부분 동의하는 모습이었으니 함락을 시켜야 한다는 뜻을 내세우는 것도 어려운 판국이 되어버렸다.

'하지만 멋모르는 것은 당신들이지. 쯧!'

이안은 왕자와 이실리스 후작이 왜 왕성 함락을 꺼려 하는

지 다시 한 번 생각해 보았다. 아무리 생각해도 그것은 자신을 견제하기 위함이라는 생각이었다.

'내가 더 크는 것은 막아야겠다는 건가? 크큭!'

이미 이안이 해낸 것들은 구국의 영웅이라고 할 정도를 뛰어넘은 상황이었다. 헥토르 후작의 반란을 진압하고 대공군을 격멸시키는 어마무시한 위업을 달성한 것이었다. 병력의 열세를 뛰어넘어 20만의 적들을 격멸했으니 락토르의 왕국민들이 생각하는 이안의 위상은 왕실을 넘어선 지 오래였다.

'어처구니없는 자들이로군.'

물론 이해는 갔다. 전쟁이 종료되면 논공행상을 해야 하는데 그때 자신에게 주어질 작위는 적어도 후작이었다. 다아크 공작에 의해서 멸문을 당하거나 강등당한 가문들 때문에 공작가는 다아크 공작이 유일했다. 그가 사라지면 공작가가 없는 락토르에서 유일한 공작이 될 가능성이 컸다. 물론 이실리스 후작이 끝까지 아레스 왕자와 왕실을 호종한 공이 있으니 그가 공작으로 올라설 가능성도 있었다.

'북동부를 장악한 내가 부담이 되는 거겠지. 거기에 남부의 맹주로 거듭나고 있는 아버지도 계시고.'

비어홀트 남작은 이미 남부 귀족군의 맹주로 우뚝 선 상황이었다. 그리 많지는 않아도 3만이 넘는 병력을 휘하에 두고 있었으니 말이다.

'내가 가용할 수 있는 병력이 그럼… 헥토르 후작군까지 합하면 10만이 넘는 셈인가? 많기는 하네. 큭…….'

다아크 공작의 사병을 흡수할 수 없다면 아레스 왕자가 가용할 수 있는 병력이 20만 남짓이었다. 그러니 위협이 된다는 판단을 내릴 수도 있었다.

"저하, 신이 한 말씀 올려도 되겠습니까?"

"말씀하세요, 외조부!"

플랑드르 후작은 아레스 왕자의 외조부로, 이번 싸움이 벌어졌을 때도 중부의 귀족들을 이끌고 다아크 공작과 싸웠던 인물이었다. 물론 패배하여 절반 이상의 병력을 잃고 북부로 퇴각했다가 이번에 합류했다. 그래도 2만 이상의 병력을 이끌고 있었기에 무시할 수는 없었다.

"나중을 생각해서 지금은 이단 심판에 주력하시지요. 어차피 싸우지 않고도 이길 수 있는데 필요 없는 피를 흘릴 이유가 없습니다."

"역시 외조부의 생각도 그렇군요. 하하!"

두 후작이 아레스 왕자를 지지하는 모양새를 취하자 회의는 그대로 끝나가는 듯싶었다. 웅성거리며 옆자리의 귀족들과 귀엣말을 주고받는 이들의 대화가 모두 그런 투였다.

"저하."

"레이너 백작도 할 말이 있소?"

"해도 됩니까?"

"무, 물론이오. 하시구려."

아레스 왕자는 이번 회의를 이안을 억제하기 위해 마련했다. 그래서 이실리스 후작의 발언을 시작으로 싸우면 안 된다는 식으로 몰아갔다.

"이단 심판을 이긴다고 다아크 공작이 순순히 항복하실 거라 생각하십니까?"

"나에게 묻는 것이오?"

"그렇습니다, 저하."

"흐음… 그가 인간이라면 항복하지 않겠소?"

눈동자가 흔들렸지만 애써 태연한 척하며 왕자는 항복할 거라는 낙관론을 이야기했다.

"흑마법사들을 휘하에 두고 반역을 일으킨 자입니다. 항복하면 죽는데 마지막 발악을 하지 않을 거라 생각하십니까?"

"그거야……."

"철옹성이라는 왕성을 장악하고 30만의 왕성민들을 볼모로 잡은 그입니다. 게다가 10만이라는 대병력을 소유한 그자가 순순히 항복을 할 거라 생각하셨으면 참으로 순진하신 생각이십니다. 저하!"

"말이 심하다! 레이너 백작! 지금 이 자리가 어떤 자리인데 그런 입에 담지도 못할 망언을 내뱉는가! 당장 왕자 저하께 무릎 꿇고 사죄하라! 어서!"

플랑드르 후작이 버럭 소리를 지르며 이안에게 고리눈을 뜨고 손가락질을 해댔다.

"사죄라… 당신은 그런 말을 할 자격이 없으니 찌그러져!"

"뭐, 뭐라?"

"이번 전쟁에서 병력이나 축내면서 도망 다니다 합류한 인사가 어디서 언성을 높이는가! 나와 내 휘하의 병력들이 5배의 병력 열세를 감수하면서 싸우던 그때 네놈은 어디에 있었느냐!"

이안이 막 나가자는 식으로 플랑드르 후작을 쏘아붙이자 모든 귀족들은 눈을 부릅뜬 채 상황을 지켜보았다. 지금 상황에서 이안이 엇나가게 된다면 파국으로 치달을 수도 있었다. 여기 모인 병력의 절반은 이안의 편이었다. 그러니 그가 만에 하나라도 아레스 왕자에게 반기를 든다면 속절없이 죽어나가는 것은 아레스 왕자일 것이었다.

"한 일도 없이 휘하 병사들이나 쳐 죽인 자가 부끄러운 줄 알라! 난 그런 자는 후작이고 공작이고 간에 인정할 수 없으니 말이야!"

"이이… 감히……."

플랑드르 후작은 이안의 면박에 얼굴이 붉다 못해 검은색을 띨 정도로 변해갔다.

"왜 열받아? 그럼 덤벼! 네놈부터 쳐 죽이고 다아크 공작을 칠 것이니 말이야."

강렬한 투기를 발산하며 윽박지르는 이안의 막무가내에 아레스 왕자의 얼굴이 창백하게 질려갔다. 전에도 느꼈던 것이지만 이안이라는 인간은 왕실을 무시하는 자였다. 권위를 인정하지 않고 치고받는 것을 마다하지 않는 자라는 것을 새삼 느낀 것이었다.

"나 같으면 창피해서 얼굴도 들지 못한다. 쯧쯧!"

"끄윽… 겨, 결투……."

"그만! 그만하시오. 플랑드르 후작!"

외조부라는 단어에서 플랑드르 후작으로 바뀐 아레스 왕자의 저지에 후작은 자리에 털썩 주저앉고 말았다. 그 단어 하나로 지금 왕자가 편을 든 사람이 이안이라는 것을 느낀 탓이었다.

"저, 저하……."

"그만하고 물러가도록 하시오."

"하아… 네… 저하……."

플랑드르 후작이 힘없이 회의실을 벗어나자 이안은 자리에 일어선 그 자세에서 왕자를 노려보며 말했다.

"다아크 공작은 절대 항복하지 않을 겁니다. 결과가 나온다고 해도 그자는 더 잃을 것이 없으니 말입니다."

"그래서 어떻게 하자는 건가? 왕성을 공략할 비책이라도 있다는 것인가"

아레스 왕자는 이안에게 은은한 분노가 실린 말로 물었다. 피해가 큰 대책이라도 내놓는다면 불같은 분노를 이안에게 터뜨릴 기세였다.

"물론입니다. 그 정도 대책도 마련하지 않고 왕성 공략을 주장하지는 않습니다."

"허어……."

자신만만하게 준비는 모두 끝나 있다고 하는 이안의 모습에 아레스 왕자는 기가 질렸다. 그가 왜 자신의 외할아버지와 고성을 오가는 말싸움을 하는 모습을 보였는지 이제야 알 것 같았다.

"비책을 말해보게."

"간단합니다. 땅굴을 통해서 왕궁으로 침투할 겁니다."

"땅굴이라… 아! 던전……."

아레스 왕자는 땅굴이라는 말과 왕궁 안으로 침투한다는 말에 던전을 떠올렸다. 레알리스의 던전은 왕궁 후원의 지하 감옥과 연결되어 있었으니 그곳을 통해서 침투한다면 적의 배후를 치는 것과 마찬가지의 효과를 보일 것이었다.

"그런데 지하 감옥은 무너졌다고 들었는데 아닌가?"

"맞습니다. 하지만 제가 땅굴을 팠습니다. 마법으로 말입니다. 그러니 적들도 모르는 길이 열린 것입니다."

"마법이라… 그럴 수도 있었겠군."

"그러니 그 길로 기사급 이상의 전력을 집중하여 다아크 공작을 잡으면 그만입니다. 그럼 굳이 10만이 넘는 적병을 죽이지 않아도 이 싸움은 끝납니다."

이안의 말에 아레스 왕자도 그것이 최선이라는 것을 인정했다. 다아크 공작을 잡는다면 그 휘하의 사병들은 그 즉시 항복을 할 것이다. 국력을 스스로 깎아먹는 일을 하지 않아도 된다는 생각이 든 것이다. 그리고 그것이 나중을 위해서도 최선이라는 것은 어린아이도 알 만한 것이었다.

"경의 뜻대로 하시오. 내 모든 협조를 할 것이니."

"현명하신 판단이십니다, 저하!"

이안이 깍듯하게 고개를 숙이자 아레스 왕자도 입가에 희미한 미소를 지어 보였다. 비록 왕실을 비롯한 기득권층에 반항적인 이안이지만 그 능력만큼은 누구보다 뛰어나다는 것에 짓는 쓸쓸하고 어설픈 미소였다.

"작전은 언제 시작할 것이오?"

"오늘 밤이 좋겠습니다. 체이스 제국군이 곧 도착할 것이니 그들이 오기 전에 끝내야 합니다."

"알겠소. 그럼 경이 맡아서 최선을 다해주시오."

"네, 저하!"

이안은 아레스 왕자에게 군례를 취한 후 회의장을 빠져나왔다. 바깥에는 친구들을 비롯해서 헥토르 후작과 그 휘하의 핵심 장교들이 모두 모여 있었다.

"이야기는 잘 끝난 거 같구먼."

헥토르 후작도 마스터였기에 안에서 두 사람이 나눈 대화를 엿들은 모양이었다. 그런 그에게 미소를 지어 보인 이안은 힘차게 선언하듯이 말했다.

"오늘 밤 왕궁을 점령합니다. 기사급 이상의 전력을 모아 기습을 가할 것이니 모두 준비들 하십시오."

"크크크! 그렇게 하지."

"각 대령들은 귀족군으로 가서 기사들을 모두 모아오도록 하라. 아레스 왕자 저하의 명령이라 전하면 알아들을 것이다."

"예, 장군!"

토리를 위시한 친구들은 힘찬 군례를 취한 후 귀족들을 향해서 흩어졌다. 밤이 곧 어두워져 올 시간이니 준비하는 것만 해도 빠듯한 시간이었다.

"우와… 언제 이런 터널을 만들었담."

"엄청나네. 휘유!"

터널으로 들어선 기사들은 높이와 넓이가 10여 미터 정도

되는 터널에 얼이 빠진 표정을 지었다. 단 하루 만에 이런 터널을 만들었다는 것이 믿어지지 않는 것이었다.

"이걸 마법으로 뚫었다고 했나?"

이실리스 후작은 마법으로 이런 터널을 뚫는 것이 가능한지 생각해 보았다. 디그 마법으로 땅을 판다고 해도 수만 번은 시전해야 가능해 보이는 길이와 넓이를 지닌 터널이었다. 그러니 아무리 7클래스의 마법사라고 해도 이런 터널을 단 하루 만에 뚫는 것은 불가능했다.

"골렘을 이용하면 가능합니다. 골렘의 핵만 가지고 와서 골렘을 일으켜 세우는 거죠."

"아! 그런 방법이면 가능하겠구먼."

골렘의 핵은 고작해야 30㎝ 남짓한 크기를 지녔다. 그런 핵을 가져다 골렘을 만들어서 내보내는 방식으로 터널을 뚫는다면 충분히 가능했다. 마법은 터널을 유지하는 강화 마법을 거는 것에 한정 지어질 것이니 말이었다.

"꽤 길구먼."

이실리스 후작은 터널의 길이가 상당히 길다는 것에 놀랐다. 가도 가도 끝이 보이지 않던 터널은 7㎞ 가까이 이동한 후에야 끝이 났다.

"모두 모였나!"

이안의 옆에는 헥토르 후작과 이실리스 후작이 섰고 레알리스의 던전 첫 번째 구역에는 천여 명의 기사들이 대오를 갖춘 채 서 있었다. 그들은 이번 작전으로 전쟁을 끝낼 각오를 다지며 군건한 의지를 내보였다.

"저기 보이는 흙더미들을 치우면 곧장 왕궁 후원의 지하 감옥으로 연결된다. 나가는 즉시 모드리치 후작이 이끄는 근위기사단과 근위병들을 처리하고 빠르게 란세르 1왕자와 다아크 공작을 제압한다. 모두 알겠나!"

"충!"

기사들은 근위기사단과의 싸움이 임박했음에도 오히려 더욱 강렬한 투지를 발산했다. 이번 싸움으로 모든 것을 끝내겠다는 강인한 의지가 투지로 승화된 것이었다.

"헥토르 후작님이 휘하의 기사들과 함께 란세르 왕자를 맡아주십시오."

"그렇게 하겠네."

"모드리치 후작이 란세르 왕자의 호위를 담당하고 있으니 특별히 조심해야 할 겁니다."

"걱정 말게. 모드리치 그놈에게는 지지 않을 것이니."

모드리치 후작이 왕국 제일의 기사라고 불리지만 헥토르 후작은 그에게 질 생각 따위는 손톱만큼도 없었다. 국왕이 모드리치 후작을 띄워주느라 여론을 그렇게 이끌어서 그럴 뿐, 자신의 상대는 아니라고 생각했다.

"2군단 소속의 기사들은 그레그 소장님이 맡아 왕궁 외부에서 들어오는 기사들을 막아주십시오. 최대한 시간을 끌어줘야 합니다."

"알겠네."

1, 2군단 소속의 기사들을 제외하면 남는 기사들은 1/3 정도로 귀족군과 독립여단 소속의 기사들이었다. 이안은 그들과 함께 다아크 공작을 제압하고 크리스토퍼 대공의 기사들까지 상대해야 했다. 그쪽이 가장 많은 기사 전력을 가졌고 칼리엄 공작까지 버티고 있었다.

"헥토르 후작님은 남궁으로, 그레그 소장님은 동궁으로 가시면 됩니다. 나머지는 나를 따라 다아크 공작을 제압하러 간다. 가자!"

"추웅!"

기사들이 이안의 뒤를 따라 신속하게 레알리스의 던전을 떠났다. 앞장서서 가던 이안은 마지막 남아 있는 흙더미를 향해 디그 마법을 연속해서 펼쳤다.

"디그! 디그! 디그!"

아래가 아닌 위쪽으로 땅을 파야 하는 터라 컨트롤하는 것에 신경을 써야 했다. 그러나 괜히 7클래스의 마법사가 아니라는 것을 보여주기라도 하듯이 빠르게 흙더미를 치워 나갔다.

"대기!"

이안은 묵직하고 낮은 음성으로 대기를 외친 후 마지막 흙 더미를 치웠다.

'지키는 병력이 있군.'

던전의 입구를 완벽하게 파괴해서 매몰시켰음에도 불구하고 지키는 병력을 놔둔 것이다. 방심하지 않고 철저하게 지키는 것은 칭찬할 만한 일이지만 적으로서는 조금 답답한 노릇이었다.

'순식간에 정리해야 한다. 그게 아니라면… 골렘을 풀어놓는 수밖에…….'

기감에 느껴지는 것을 헤아리면 적어도 200여 명의 근위병들이 지키고 있음을 알 수 있었다. 그들을 순식간에 처리한다는 것은 말도 안 되는 일이었다. 그러니 차라리 골렘을 풀어놓고 그것들이 파괴되는 동안 적들을 정리하는 것이 최선이었다.

"돌진한다. 가잣!"

후웅! 콰아아아앙!

이안의 오러가 폭발적인 위력을 선보이며 마지막 입구를 가로막고 있던 바위를 부쉈다. 곧바로 이루어진 무지막지한 돌격은 보초를 서고 있던 병사들을 그대로 덮쳐 버렸다.

"크악!"

"저, 적이다!"

순식간에 보초병들을 도륙하며 튀어나간 이안은 그대로 돌진하며 경악에 물든 근위병들을 베기 시작했다.

"나가라! 적들을 모두 도륙하라!"

"우와아아아아아!"

고함을 내지르며 튀어나가는 기사들은 그대로 근위병들을 죽여 나갔다.

삐이이이이익!

적이 나타났다는 호각 소리가 어둠에 물들어 있던 왕궁을 뒤흔들었다. 이미 막을 수 없는 상황이라는 것을 알고 있던 기사들은 밖으로 빠져나오기 무섭게 자신들에게 할당된 구역을 향해 내달렸다.

"서궁으로 간다. 나를 따르라!"

"추웅!"

독립여단과 거족군에 속한 기사들은 이안이 앞장서서 가는 서궁을 장악하기 위해 내달렸다.

"막아라! 지원이 올 때까지 버텨야 한다. 막아!"

"적을 죽여라! 죽여!"

서궁으로 가는 길목을 막고 있는 근위기사들은 50여 명에 불과했다. 근위병들이 아무리 정예라고 해도 기사들을 당할 수는 없었기에 중과부적에 처한 상황이었다. 그럼에도 불구하고 죽음을 각오하고 싸우는 것을 주저하지 않았다.

'배덕자들… 모두 죽여주마!'

이안은 근위기사단의 저항에 분노가 치밀었다. 충성이라는 덕목이 실력보다 더 중요하게 여겨져야 하는 근위기사단의 기사들이 왕국을 배신하고 다아크 공작에게 충성을 하는 모습에 분노가 치민 것이었다.

"흐랏! 죽어라!"

이안의 신형이 폭발적으로 튀어나갔다. 오러를 사용하여 움직이는 이안의 신형은 눈으로 따라잡을 수 없는 속도로 근위기사들을 휩쓸었다.

"미, 미친!"

"석궁를 날려! 쏴라! 어서!"

근위병들은 석궁으로 무장을 하고 있었는데 그 석궁의 표적은 오직 한 명, 이안에게로 집중되었다.

투웅! 투투투투투투투퉁!

수백 개의 석궁에서 쏘아지는 작은 볼트들이 오직 이안 한 명을 잡기 위해서 날아들었다. 쏘는 자들도 명령에 따라서 쏘기는 하지만 조금씩 망설이는 것이 엿보이는 사격이었다.

"피해! 흩어져라!"

석궁에서 쏘아지는 볼트들은 기사들도 제대로 막아내기 어려웠다. 속도도 워낙 빠른 데다 볼트의 크기가 작아 쳐내기가 힘든 탓이었다. 이안의 뒤쪽으로 바짝 붙었다가 된서리를 맞은 기사 몇이 쓰러지고 사방으로 흩어진 기사들이 우회하며 근위병들을 향해 재차 달려들었다.

구웅! 쿠웅! 쿠쿠쿠쿠쿵!

멀리서부터 시작된 굉음에 이안은 기간트들이 출전했음을 알았다. 천여 명에 가까운 기사들이 지하 터널을 통해서 기습을 한 사실이 알려지자 성벽 쪽에 배치됐던 기간트들이 출전한 것이었다.

'5분쯤 걸리려나?'

기간트의 움직임은 기사들이 달리는 속도를 상회했다. 그러니 성벽 쪽에서 달려온다고 해도 5분이면 능히 도착할 수 있을 것이었다. 그 안에 끝내야 한다는 부담감에 이안은 근위병들을 그대로 지나쳐 나갔다.

"나는 먼저 서궁으로 간다. 돌파하여 따라오도록!"

이안의 외침에 기사들은 근위병들을 도륙하던 것을 그만두고 그대로 돌파하는 것으로 전술을 바꿨다. 이미 근위병들의 절반 이상이 쓰러진 상태였고 속속 항복하는 자들이 나오는 시점이었다.

"맥컬리! 네가 뒷정리를 맡아라."

"제길, 알았다."

맥컬리는 오랜만에 검을 좀 쓰려는 판에 뒷정리를 맡게 되자 투덜거렸다. 그러나 적을 쓰러뜨리는 것보다 중요한 것이 무엇인지 잘 알고 있었기에 서둘러 뒷정리에 들어갔다.

'최대한 빠르게 끝낸다… 지금 이 순간 무엇보다 중요한 것은 시간이다!'

이안은 닥치는 것들을 그대로 돌파해 나갔다. 서궁으로 가는 길목마다 배치된 근위병들을 그대로 돌파해 나갔고, 그의 앞을 막아서는 것은 그대로 파괴되며 흩어져 버렸다.

'어디에 있느냐… 다아크 공작!'

이안은 기감을 퍼트려 사방에서 밀려드는 기운들을 살폈다. 가장 강하게 느껴지는 기운이 접근하고 있는 것이 느껴졌는데 몇 번이나 부딪쳤던 적이 있는 익숙한 기운이었다.

'칼리엄 공작… 제길!'

부상을 입었다고 하지만 포션이라는 것이 존재하는 세상에서 육신의 상처는 그리 오래가지 않는다. 마나로드가 끊어지거나 틀어지는 내상을 입지 않는 한 금방 본래대로 돌아오기 때문이었다.

슈우우우우우웅!

"이놈! 어디 있느냐!"

걸걸한 음성으로 소리를 지르는 칼리엄 공작의 손에서 이글이글 타오르는 오러가 밤하늘을 빛냈다. 이안의 비행 원반에 비해 3배 정도는 더 큰 비행체를 탄 채 칼리엄 공작이 남궁에서부터 날아오고 있었다.

'칼리엄 공작보다는 다아크 공작을 잡는 것이 우선이다.'

이안은 칼리엄 공작과 싸우는 것보다 다아크 공작을 잡는 것을 우선순위로 뒀다. 칼리엄 공작과 싸울 경우 무승부가 날 가능성이 컸고 그럴 경우 둘 다 전투에서 빠져야 하는 결과가 나온다. 그것만큼은 절대적으로 피해야 할 상황이 바로 지금이었다.

"거기 있었느냐. 내 검을 받아라!"

칼리엄 공작은 이전보다 훨씬 능숙해진 비행 실력으로 비행체를 몰아 이안에게 날아왔다. 전투마가 전속력으로 달리는 것의 두 배를 능가하는 어마어마한 속도로 이안을 향해 내리꽂히듯이 돌진했다.

"네놈 상대할 시간 없다. 타앗!"

이안은 칼리엄 공작을 무시한 채 서궁으로 내달렸다. 오리를 사용하여 폭발적인 스피드를 내는 이안은 비행체의 속도로도 따라잡지 못할 정도였다.

'서궁이 원래 다아크 공작의 집무실이 있는 곳이었으니 저 안에 있을 가능성이 제일 크다.'

이안의 눈은 서궁의 3층을 향해 있었다. 기감으로 서궁의 내부에서 움직이는 사람들의 기운을 읽어낸 이안은 그대로 지면을 박차며 3층을 향해 뛰어올랐다.

콰앙! 와장창!

다아크 공작의 집무실 테라스로 뛰어오른 이안은 나무로 만들어진 테라스의 문을 부수고 안으로 쇄도해 들어갔다. 안에서 느껴지는 기감은 10여 명의 적들이 모여 있는 것이었으니 그 안에 공작이 있기를 바랐다.

"죽엇!"

"내 검을 받아라!"

득달같이 달려드는 적들의 공격이 창을 부수고 들어온 이안에게로 쏟아졌다. 좌우에서 베어 들어오는 공격과 정면에서 치고 들어오는 찌르기 공격이 틈을 주지 않은 채 날아왔다.

"물러가라!"

이안의 검이 강맹하게 사방으로 뻗어나갔다. 날아오는 공격을 그대로 쳐내는 그 검세에 묵직한 신음을 흘리며 기사들이 쓰러져 내렸다.

"이안 레이너… 으득!"

호위하는 기사들이 모두 쓰러지는 것을 본 다아크 공작이 분노와 울화가 깃든 음성을 흘렸다. 예전 몇 번 보았던 다아크 공작이었기에 이안은 싸늘한 살소를 머금은 채 손을 흔들었다.

"오랜만이군."

"감히! 네놈 따위가 나에게 검을 겨눈단 말이더냐!"

다아크 공작의 분노 어린 고함에 이안은 그대로 스텝을 밟으며 그에게 다가갔다. 뒤쪽에서 날아오는 칼리엄 공작 때문에라도 빠르게 제압하고 상황을 끝내야 했다. 다아크 공작을 잡아서 부하들에게 넘긴 다음 칼리엄 공작을 상대할 생각이었다.

"이놈! 같이 죽자꾸나! 흐앗!"

이안이 달려드는 것을 본 다아크 공작이 살기 어린 외침을 토했다. 그리고 그의 손에 들린 몇 장의 양피지 스크롤이 그대로 찢겨져 나갔다.

"미친!"

이안은 스크롤이 찢겨짐과 동시에 마법이 발현되는 것에 이를 앙다물었다. 적어도 6클래스의 마법이 발현될 때 느껴지는 마나의 파동이었다.

'피해야 한다. 젠장!'

6클래스의 마법이 발현되면 적어도 반경 100여 미터는 고스란히 파괴된다. 거기에다 스크롤이 5장 정도 찢어지고 발동되는 마법들이라면 마스터라고 해도 죽음을 각오해야 할 위력이었다.

"이놈! 죽여주마!"

뒤쪽에서 쇄도해 들어오는 칼리엄 공작의 돌진에도, 이안은 그 방향으로 몸을 날렸다.

"오러 실드!"

급하게 오러로 실드를 치며 마법으로부터 몸을 보호했다. 그리고 간신히 몸을 빠져나갈 정도의 공간을 통과하여 테라스를 그대로 관통했다.

콰앙! 콰콰콰콰쾅!

강력한 폭발음이 다아크 공작의 집무실에서 터져 나오고 이안의 신형은 지상을 향해 떨어져 내렸다.

'왜? 고작 이런 상황에서 자폭을? 말도 안 돼!'

이안은 다아크 공작의 집무실에서 터져 나오는 엄청난 화염과 뇌전의 분출을 허망한 듯이 쳐다보았다. 도저히 믿어지지 않는 그 상황에 이를 갈았다.

8장

이단 심판

　다아크 공작의 자폭은 도저히 믿어지지 않는 일이었다. 그런 야심가가 고작 이런 상황에 처했다고 자폭을 했다는 것 자체가 말이 되질 않았다.

　'설마… 그때 그자처럼?'

　이안은 전에 상대했던 흑마법사를 떠올렸다. 분명 죽였음에도 또다시 나타났던 그는 자신을 인형술사라고 했었던 기억이 났다. 흑마법으로 만들어낸 키메라의 몸을 자신의 몸처럼 사용하던 것이 인상적이었던 적이었다.

　'저 정도의 마법에 휩쓸렸다면 시체도 찾기 어렵다. 증거

가 없으니 살아 있다고 말도 할 수 없는 상황이라… 짜증 나는군.'

이안은 다아크 공작이 죽음을 가장했다고 확신했지만 증거가 없다는 것에 분통을 터뜨렸다. 어딘가에서 음흉한 웃음을 터뜨리고 있을 다아크 공작에게 무한한 살기를 뿜어낼 뿐이었다.

"이놈! 이 미꾸라지 같은 놈!"

강렬한 살기를 뿌려대며 날아오는 칼리엄 공작의 검세가 이안을 향해 쏘아져 들어왔다.

'이 늙은이가, 정말!'

이안은 다아크 공작의 만행에 분노한 것을 고스란히 칼리엄 공작에게로 쏟아냈다. 그대로 신형을 날려 칼리엄 공작이 쇄도해 들어오는 방향으로 마주쳐 나갔다.

쉬릿! 쉬쉬쉬쉿!

수십 개의 환영을 만들어내며 독랄하게 뻗어나가는 이안의 검세가 칼리엄 공작의 단순무식하고 강맹하기 짝이 없는 검세를 역으로 타고 올라갔다.

"그런 공격으로 나를 상대하기에는 100년은 이르다. 놈!"

칼리엄 공작의 검로가 갑작스럽게 변화를 일으키며 이안의 검세를 튕겨내기 시작했다. 무수한 충돌을 일으키며 사방으로 튀어 오르는 오러의 파편들이 두 사람 사이를 가득 메워

갔다.

"오냐! 끝장을 보자!"

이안은 통통 튕기듯이 신형을 날리며 칼리엄 공작의 주위를 미친 듯이 휘돌았다. 눈으로 따라가기도 어려운 그 속도에 칼리엄 공작의 움직임은 반대로 정적인 변화를 일으켰다.

쉬잇! 카앙! 쉬쉿! 카캉!

동에 번쩍 서에 번쩍하는 이안의 움직임과 공격은 최소한의 움직임으로 반격을 가하는 칼리엄 공작의 검세와 무수한 충돌을 일으켰다.

"크으……."

"빌어먹을 노인네!"

두 사람은 서로의 검세를 뚫지 못하고 연신 공방을 주고받았다. 밀고 밀리는 검세의 충돌은 계속해서 두 사람의 체력과 마나를 갉아먹었다.

'이렇게 싸우는 것은 나에게 불리한데…….'

오러를 더 많이 사용하는 사람은 이안이었다. 지금은 상관없다지만 계속해서 싸우다 보면 결국 제풀에 지쳐 쓰러지는 것은 이안이 될 것이었다.

'지난 싸움으로 나를 상대하는 방법을 찾은 거 같은데 말이지.'

최소한으로 움직이며 방어에만 치중하는 칼리엄 공작의

모습에 이안은 이를 갈아붙였다.

스스슷!

이안이 움직임을 멈췄다. 칼리엄 공작과 일정 거리를 두고 멈춰 선 이안은 검 끝을 겨눈 채 기세를 돋웠다.

"왜? 미친놈처럼 날뛰지 그러느냐."

"지치는 걸 기다리는 놈에게 그럴 필요가 있을까?"

"크크크! 이제야 알았나? 하긴… 멍청한 놈이 아니라면 그 정도는 알아채야지."

칼리엄 공작은 이안의 폭발적인 움직임이 어떤 원리로 가능한 것인지 조금은 알 것 같았다. 움직일 때마다 오러가 이안의 발에서 폭출되는 것을 느낀 것이다. 그렇다고 자신이 그것을 할 수 있느냐 하면 그건 또 다른 문제의 일이었다. 자칫 잘못하다가 마나로드가 손상될 수도 있는 문제이니 말이다.

'단 한 번에 끝장을 내야 한다. 저자와 겨루면 겨룰수록 손해 보는 것은 나야.'

자칫 지금까지 우위를 점하게 해준 방법을 칼리엄 공작이 깨닫게 된다면 당하는 것은 자신이 될 것이었다. 아직까지 검술의 힘이나 깨달음을 좇아가지 못한 상황이기 때문이었다.

후웅! 후웅! 홍홍!

두 사람은 서로의 눈을 바라본 채 무수한 힘의 겨루기를 하고 있었다. 서로의 공간 제어를 통해 충돌을 일으키고 있는 것이었다.

'섣불리 움직이면 당한다… 한 번에… 단 한 번!'

이안은 필사적으로 칼리엄 공작의 공간 제어를 부술 수 있는 허점을 찾는 것에 주력했다. 수도 없이 많은 기의 파동을 퍼뜨리며 빈틈을 찾기 위해 쏘아 보내고 또 날아오는 칼리엄 공작의 파동을 막아냈다.

'빈틈이 없다… 아니, 너무 많아서 어떻게 공격해야 할지를 찾지 못한다고 해야 하나……'

이안은 칼리엄 공작이 기의 파동을 막아내는 것이 아니라 무저갱처럼 빨아들여 버리는 것에 기가 질렸다. 자신의 기운을 가지고 노는 듯한 그 모습에 아직은 자신이 하수라는 것을 절실히 느꼈다.

"재미없구나. 이런 싸움이라는 것은."

칼리엄 공작은 이안이 멈춰 서서 기세 싸움만 하자 비릿한 조소를 입가에 걸었다. 이미 자연에 퍼진 마나를 자신의 의지로 움직이는 것에 발을 들여놓은 자신이었다. 압도적인 힘으로 찍어 눌러서 속도만 빠른 쥐새끼를 잡아낼 생각이었다.

"간다! 흐압!"

훙훙훙! 파앗!

어마어마한 기운이 칼리엄 공작에게로 몰려들었다. 마스터가 뿜어낼 수 있는 기운이라고 하기에는 너무도 큰 그 기운의 크기에 이안은 압도당하고 말았다. 거대한 태산이 덮쳐오는 충격을 받은 이안은 급히 오러 스텝을 사용하여 덮쳐오는 태산에게서 멀어지려 사력을 다했다.

'미친!'

느릿하게 쫓아오는 칼리엄 공작의 검이 점점 거대해지며 해일이 되어 밀려들었다. 전후좌우 어디로 피해도 쫓아올 것 같은 심리적인 압박에 입술을 지그시 깨물었다.

'죽기 아니면 까무러치기지.'

죽지만 않으면 된다. 그리고 자신에게는 레이첼이 남겨준 아티팩트가 있었다.

'모든 힘을 집중한다. 그럼… 뚫을 수 있어!'

이안은 거대한 힘으로 찍어 누르는 칼리엄 공작에 대항해 자신의 모든 힘을 하나의 점으로 만들어갔다. 축약하고 또 축약해서 만들어낸 작은 점이 무모하리만치 거대한 힘의 해일을 향해 쏘아져 나갔다.

쉬릿! 파앗!

폭발적인 움직임으로 더욱 속도를 가하며 검의 해일에 마주쳐 나간 이안의 점점 더 거세지는 압박을 이겨내며 검을 뻗어냈다.

츠츠츠츠츳! 콰앙!

거센 충격파가 사방으로 비산하고 끈 떨어진 연처럼 뒤로 튕겨져 나가는 이안의 입에서 검붉은 선혈이 뿜어져 나왔다.

"우웩!"

피를 게워내며 금방이라도 쓰러질 것처럼 비틀거리던 이안은 검을 지팡이 삼아 칼리엄 공작을 바라봤다.

"크으… 크윽!"

칼리엄 공작도 무사하지 못했다. 이안이 만들어낸 작은 점이 그의 검세를 뚫고 들어가 가슴을 뚫어버린 것이었다. 점점 퍼져 나가는 이안의 오러가 공작의 마나로드를 급속도로 잠식해 들어갔다. 그러나 죽을 정도는 아니었고 시간을 두고 치료하면 다시 돌아올 수 있을 정도의 상처였다.

"제법이구나. 그런 식으로 나를 상대하다니."

"크크크! 역시 정면 승부는 내가 아직 안 되는 모양이네. 제길."

이안은 한바탕 죽은피를 토해내자 조금은 속이 편안해졌다. 이제 충격과 통증도 조금은 가라앉기 시작했고 마지막으로 힘을 쥐어짜내면 한 번쯤은 검을 겨눌 수 있을 것 같았다. 왜 레이첼의 아티팩트가 발동되지 않았는지는 모를 일이지만 죽을 위기가 아니라서 그런 것이 아닐까 하는 생각이 들었다.

"여기서 죽어줘야겠다. 시간이 흐른다면 잡아먹히는 것은 내가 될 듯하니 말이야."

칼리엄 공작은 이안의 나이를 생각하자 두려움이 들었다.

아직 20대에 불과한 그가 나이를 더 먹었을 때 어디까지 발전할지 그것이 두려운 것이다. 아마 10년만 시간이 더 흐른다면 죽는 것은 자신이 될 것 같았다.

"순순히 죽어주지는 않는다. 크읏!"

이안은 여기저기 막혀 있는 마나로드를 억지로 뚫어가며 오러를 일으켰다. 마지막 한 번의 격돌로 칼리엄 공작과 겨룰 작정이었다.

"그만! 멈추시오!"

누군가가 몰려오고 있다는 것은 두 사람도 알고 있었다. 그러나 둘의 승부에 집중하느라 그들이 누구인지도 관심을 두지 않았다.

"싸움은 끝났소. 대공의 목숨을 살리려면 그만두시오."

"응? 이런……."

칼리엄 공작은 헥토르 후작이 크리스토퍼 대공과 란세르 왕자를 데리고 오는 것에 이를 앙다물었다. 둘이 사로잡힌 그 순간 싸움은 무의미해진 것이니 말이다.

"빌어먹을……."

칼리엄 공작은 지금이라도 검을 휘둘러 이안을 죽이고 끝을 내리라 마음먹었다. 그가 살짝 검을 움직이려는 순간 헥토르 후작의 일갈이 터져 나왔다.

"그 검 움직이면 대공도 죽어!"

"지랄맞군……."

칼리엄 공작은 제자이자 대공의 신분을 지닌 크리스토퍼를 죽게 둘 수는 없었다. 어쩔 수 없이 납검을 한 그는 이안을 죽일 듯이 노려본 후 신형을 틀어버렸다.

"운이 좋았다, 애송이."

"늙은이 역시… 크크큭!"

이안은 오기로 맞받아친 후 마찬가지로 납검을 했다. 그리고 아무렇지도 않다는 듯이 몸을 쭉 펴며 신형을 돌렸다.

"이거야 원… 벌써 끝나 버리다니……."

체이스 제국의 원군을 이끌고 온 라펠러 공작은 락토르의 왕성으로 들어가며 고개를 설레설레 내저었다. 크리스토퍼 대공과 다아크 공작이 무능하다고 해야 할지, 아니면 이안이라는 락토르의 젊은 장군이 뛰어난 것인지 모르겠다는 생각뿐이었다.

"어서 오십시오, 공작 전하!"

락토르 왕성에 연금되어 있던 체이스 제국의 대사가 라펠러 공작을 맞이했다. 자작의 신분을 지닌 그는 오랜 세월을 락토르 왕성에서 지낸 정보통이기도 했다.

"수고가 많네. 지시한 것은 알아냈는가?"

"물론입니다, 전하!"

"쥐보게."

"네, 내용이 조금 많습니다."

대사가 건네는 서류를 받아 든 라펠러 공작은 우선 여장을 풀 대사관으로 향했다. 이미 자신과 지원군이 도착한 것을 락토르 측에서도 알 것이니 곧 연락이 올 것이었다.

"이게 정말인가?"

"그렇습니다, 전하."

"허허! 정말 어마어마하구먼."

라펠러 공작은 정보국에서 전해주는 내용으로 지금까지 어떤 식으로 싸웠는지는 알고 있었다. 그러나 이렇게 정확하게 수치화된 보고서를 받자 등골이 서늘해지는 기분이었다.

'이런 무기들로 무장한다면… 과연 막아낼 수 있을 것인가?'

체이스 제국도 제국이라는 명칭을 사용할 정도로 강한 나라이기는 했다. 그런데 신형 샤베른이라는 마동포를 탑재한 병기 수백 대를 앞세운 채 밀고 들어오면 막을 수 있을까 하는 생각이 들었다. 마법 포탄이라는 신병기로 병사들을 학살하고 기간트는 기간트대로 원거리에서 제압하는 그 병기를 생각하자 절망이라는 느낌이 강했다.

'이대로 둘 수는 없다. 락토르가 지금은 국력이 반토막 났다지만… 왕국 중에서는 최강이라고 불렸던 나라야.'

락토르가 체이스 제국의 위치를 차지하는 데 3년 정도면 충분할 거라는 판단에 독하게 마음을 먹었다. 싹을 자르지 못한다면 체이스 제국은 몇 년 이내에 지도 상에서 지워질 수도 있었다. 물론 락토르와 손을 잡고 로크 제국을 먹어 치울 수도 있지만 정세라는 것은 어떻게 변할지 누구도 장담할 수 없는 문제였다.

'방법은… 이안 레이너… 그자를 고립시키는 거다. 그 방법 외에는 없어.'

보고서에도 이안 레이너가 락토르 왕실과 상당한 충돌을 일으켰다고 적혀 있었다. 그러니 그를 락토르 왕실과 떨어뜨려 놓는 것이 지금으로서는 최선일 것이었다. 다음 국왕이 될 아레스 왕자 역시 이안을 껄끄러워하는 것이 보인다는 보고이니 충분히 가능할 거라 여겼다.

'크리스토퍼 대공과 만나봐야겠군.'

헥토르 후작에게 붙잡힌 크리스토퍼 대공은 포로의 신분이 아닌 로크 제국의 전권대사 정도로 대우받고 있었다. 그는 락토르 왕실이 마왕을 소환하려고 했다는 것을 치죄하기 위해 왔다는 명분이 있으니 그런 정도로 대우받는 거였다. 이단 심판이 곧 있을 것이니 그 심판 내용에 따라 대공의 처우도 다시 결정될 예정이었다.

"로크 제국의 대사관으로 가지."

"제가 모시겠습니다, 전하!"

라펠러 공작과 체이스 제국의 기사들은 적개심이 가득한 시선으로 자신들을 쳐다보고 있는 락토르 왕국민들 사이를 지나쳤다. 오랜 세월 동안 싸워왔던 터라 이런 상황에서도 결코 호의적이지 않은 것은 당연한 결과라고 할 것이었다.

"저놈들이 어디로 가는 거지?"

멀리서 지켜보던 안드레아는 라펠러 공작이 갑자기 방향을 바꾸자 인상을 찌푸렸다. 안내를 맡은 외무성의 관리가 어쩔 줄 몰라 하는 모습을 보니 결코 원하는 방향으로 가는 것은 아닌 듯했다.

"따라가자."

"근데 저 방향이면 롯지힐 거리입니다만."

"롯지힐에는 뭐가 있지?"

"로크 제국의 대사관이 있습니다."

"로크 제국의 대사관이라… 대공과 먼저 만날 생각인가? 흐음……."

안드레아는 지금 이안이 내상을 치료하기 위해 자리를 비운 것이 조금은 답답했다. 이틀 안에 돌아온다고는 하지만 그 이틀 안에 벌어질 일들을 자신들로서는 어떻게 할 방법이 없었으니 말이다.

'빨리 돌아와라… 이안…….'

안드레아는 이안이 빨리 돌아와서 이 상황을 좋은 방향으로 이끌어주기를 바랐다.

"처음 뵙겠소이다, 크리스토퍼 대공."

"만나서 반갑다는 말은 못 하겠군. 앉으시오."

퉁명스럽게 대꾸하는 크리스토퍼 대공에게 라펠러 공작은 묘한 미소를 지었다. 세상 무서운 줄 모르고 날뛰던 젊은 대공이 단단히 쓴맛을 봤다는 것에 대한 즐거움 정도일 것이었다.

"칼리엄 공작이시군요. 같이 계실 줄은 몰랐습니다. 반갑습니다."

라펠러 공작은 대공이 일어나서 맞이함에도 계속 앉아 있던 칼리엄 공작을 뒤늦게 발견하고 인사를 건넸다.

"난 없는 사람으로 생각하게. 대공이 있어달라고 해서 앉아만 있을 뿐이니."

"그러시군요. 참고하겠습니다."

라펠러 공작은 칼리엄 공작까지 배석시킨 대공에게 조금은 연민의 정을 느꼈다. 엄청난 무기를 만들어내고 그것으로 적을 괴멸시킨 이안 레이너라는 존재가 그를 겁쟁이로 만들어 버린 것이리라.

"무슨 일로 나를 보자고 했소? 설마 비웃으려고 온 것은 아닐 것이고."

"당연한 말씀을 하시는군요. 전 대공께 한 가지 제안을 하고자 찾아왔습니다."

"제안? 말해보시오."

크리스토퍼 대공은 적국인 체이스의 공작이 자신에게 할 제안이 무엇일지 궁금했다. 이제 와서 락토르를 공격하자는 것은 아닐 것이고 뭔가 자신에게도 이득이 되는 내용일 것이라는 추측만 가능했다.

"갠트 경!"

"네, 전하!"

"엿듣는 자들이 없도록 조치하라."

"네, 전하!"

라펠러는 한 명의 기사와 마법사를 대동했는데 그중 갠트라는 마법사가 급히 소리가 퍼져 나가는 것을 차단하는 마법을 걸었다.

"흐음……."

그 모습에 크리스토퍼 대공은 뭔가 아주 중요한 제안을 하려는 것임을 알았다. 소리가 퍼져 나가는 것까지 차단할 정도라면 두 제국이 아닌 락토르가 들으면 안 된다는 것이니 말이다.

"단도직입적으로 말하겠소이다. 락토르를 이대로 둬서는

안 될 것이라 판단했소. 대공께서는 어떻게 생각하시오. 이대로 뒤도 될 거라 여기시오?'

라펠러 공작의 말에 크리스토퍼 대공은 고개를 저었다. 본인이 겪은 락토르의 힘은, 아니, 이안 레이너라고 하는 개인이 지닌 힘이 너무 막강했다. 그 힘은 조금만 시간이 흐르면 제국을 위협하는 정도가 아니라 뛰어넘을 만한 어마어마한 힘이었다.

"락토르는 문제가 아니오. 이안 레이너… 그자가 문제지."

"동감이오. 그래서 그자의 처리를 대공과 논의하려는 것이고."

라펠러 공작의 말에 대공은 이안 레이너를 두 제국이 힘을 합쳐서 죽이자고 말하려 했다. 그러나 생각해 보면 그를 죽이려고 하는 것은 로크 제국의 생각일 뿐이었다.

'체이스는 그자를 죽이면 안 되겠군. 어떻게든 그자를 이용해서 아국과의 갭을 줄이려고 들 것이니 말이지.'

그는 이내 그 생각을 접었다. 로크 제국과 체이스 제국의 입장은 비슷한 거 같으면서도 그 끝이 판이하게 달랐으니 말이다.

"공작은 어떻게 하기를 원하시오?"

"고립시키는 것이 최선이라 생각하오."

"고립이라… 이안 레이너 그자를 고립시킨다는 거겠구려."

"그렇소이다. 락토르와 떨어뜨려 놓는다면 그자가 아무리 대단한 능력을 가지고 있다고 해도… 결국은 제국을 넘어서지 못할 거라 생각하오."

락토르라는 왕국의 뒷받침이 없다면 개인이 아무리 뛰어나다고 해도 제국을 넘어설 수 없었다. 재화의 문제가 아니라 인구의 문제에 부딪힐 것이니 말이었다.

"방법은 있소이까?"

"그를 공작으로 만들고 공국으로 독립시켜 버리면 되오."

"아! 그런 방법이… 하하하!"

크리스토퍼 대공은 묘안이라 생각했다. 이안이 가진 영지는 헬카이드 산맥에 접한, 백작령이라고 하기에도 뭐한 땅에 불과했다. 유민들을 받아들여 30만 정도의 인구를 가지고 있다지만 제국에서 보자면 백작령에도 미치지 못하는 인구에 불과한 것이다.

"그 정도의 인구로는 그 어떤 것도 할 수 없소. 제국이 전력을 기울이면 이틀 만에 끝장낼 수 있다는 것이 내 생각이오."

"그거야 그렇겠지. 흐흐흐!"

아무리 대단한 병기를 가지고 있어도 그 한계라는 것은 명확했다. 제국이 마음먹고 기간트 500기 이상을 동원해서 밀어붙이면 파괴되기 전에 동귀어진도 가능했다. 그것도 최소로 잡았을 때 이야기였다.

"우리가 해야 할 것은 그자가 가진 재능을 두 제국을 살찌우는 데 사용하는 거라고 생각했소. 그리고 그자가 떨어져 나가면… 락토르는 저절로 붕괴될 것이고 말이오."

라펠러 공작의 말에 크리스토퍼 대공은 무릎을 치고 기뻐했다. 락토르가 알아서 붕괴된다면, 그리고 이안이 두 제국의 힘에 굴복하여 생산 공장 정도로 치부되게 된다면 지금의 치욕을 몇 배는 갚아주는 것이라 여긴 것이다.

"한데 말이요."

"말해보시오."

"그자를 공국으로 독립시키라는 것을 락토르 측에 어떻게 강요할 거냐는 거요."

"아! 그건 염려 마시오. 이단 심판의 결과가 그것을 가능하게 해줄 것이니 말이오."

라펠러 공작은 이단 심판의 결과가 그 결정에 힘을 보태줄 기라 확신했다.

"보고를 받는데 다아크 공작이 자폭을 했다고 들었소."

"흐음… 나도 그자가 그렇게 자폭을 할 줄은 몰랐소."

뭔가 얼버무리는 뉘앙스를 풍기지만 라펠러 공작은 개의치 않았다. 나아크 공작이 살든 죽든 대세에는 아무런 영향을 미치지 못하니 말이다. 아니, 오히려 그자가 죽은 것으로 되어 있는 편이 더욱 유리했다.

"다아크 공작의 농간에 대공이 속아 넘어간 것으로 몰아가시오. 대공은 진짜 락토르 왕실이 그런 짓을 벌였다고 생각하여 대륙의 평화를 위해서 출군한 것으로 말이지."

"그거야……."

"아아! 다 아는 사실이니 잡아뗄 필요는 없소이다. 그렇게 주장하며 모든 것은 락토르에 의해서 피해를 본 것으로 몰아가면 그만이오."

"아… 그런 방법이 있었구려."

"흐흐흐! 말을 하지 않아도 되니 편하구려."

락토르의 거짓에 휘말려 병력만 죽어나간 피해자로 행세하라는 말이었다. 그리고 그 피해에 대한 보상을 받아내고, 또 죽음의 위협을 겪은 것에 대한 벌로 이안 레이너라는 주적을 독립시켜서 락토르와 떨어뜨린다는 것이었다. 그런 주장에 힘을 보태는 것은 체이스 제국이 할 일이니 두 제국의 뜻대로 관철될 것이었다.

"하하하! 좋소. 나도 공작의 뜻에 힘을 보태겠소."

"흐흐흐! 잘 생각하셨소이다."

두 사람은 자리에서 일어나 굳은 악수를 나눴다. 이단 심판의 결과가 어떻게 나온다고 해도 두 사람이 작당한 이상 자신들이 원하는 대로 결과가 나올 것이었다.

"이단 심판을 주재하실 대지의 신 로아의 성녀 아이린 님이 입장하십니다!"

아이린이 성녀의 복장을 한 채 가운데 서고 그 옆으로는 로하스의 추기경인 알폰소 추기경이 따랐다. 두 신전의 성기사들이 삼엄한 호위를 하며 입장하여 단 위에 마련된 의자에 앉았다.

"지금부터 락토르 왕실에서 행했다고 알려진 마왕의 소환 의식에 관한 이단 심판을 진행하겠어요. 심문관은 보고하세요."

"예, 성녀님!"

락토르 왕국에도 여러 신전들이 있었고 그 신전의 사제들로 구성된 심문관이 앞으로 나섰다.

"지난 5월, 락토르 왕국의 전역에서 데스블러드가 발생했습니다. 그 데스블러드로 사망한 왕국민은 50만에 달했고 그 발생 지역은 마왕을 소환하는 의식에 사용된 소환진에 해당하는 위치였습니다. 그러니까……."

지루하게 이루어지는 심문관의 보고는 락토르 왕가가 행했다고 알려진 데스블러드에 관한 것이 주를 이루었다. 그리고 다아그 공작이 수장했던 국왕이 흑마법사와 결탁했다는 내용까지 이야기하고 끝을 맺었다.

"…이상으로 락토르 왕실에 대한 혐의 보고를 마칩니다."

"알겠습니다. 다음은 락토르 왕실의 락토르 17세의 심문을 진행하겠습니다. 모시세요."

"네!"

성기사들은 락토르 17세를 데리고 오라는 말에 아직 정신이 오락가락하는 락토르 17세를 부축하여 단 앞으로 데리고 왔다.

"심문관의 보고에 따르면 흑마법에 심취하여 흑마법을 연성하다 폐인이 되었다고 했습니다. 우선 본 심판관은 락토르 17세에게서 흑마법의 흔적이 있는지 조사를 해보겠습니다."

아이린은 단에서 내려와 눈이 풀려 있고 입에서 침을 흘리고 있는 락토르 17세에게 다가갔다.

"나의 주 레아의 권능으로 명하노니! 악하고 삿된 것은 그 존재를 드러낼지어다!"

후웅! 휘류류류류룽!

찬란한 백광이 아이린의 손에서 흘러나왔다. 그리고 그 백광은 정신을 차리지 못하고 있는 락토르 17세에게 스며들었다.

"우와!"

"성녀님이라더니 대단하네."

"아아! 너무 따스한 기운이야."

왕궁 앞의 광장에서 벌어지는 이단 심판은 수많은 눈이 지켜보고 있었다. 단의 좌우에 마련된 수많은 좌석에는 두 제국의 대사를 비롯하여 각국의 대사들이 참여했다. 거기에 귀족들과 신관들까지 더해지며 주요 인사라고 불린 존재들만 500여 명이 넘어갔다. 거기에 구경하는 락토르 국민들까지 합하면 왕성에 거주하는 자들이 대부분 모여 있다고 할 것이었다.

"흐음… 이상하군요."

"무엇이 이상하다는 겁니까, 아이린 성녀!"

"흑마법의 기운이 느껴지기는 하지만 너무 미약해요. 그리고 심장이 아닌 머리에 흑마법의 기운이 몰려 있다는 것도 이상하네요."

그녀가 하는 말은 단의 주위에 배치된 마법사들에 의해서 크게 증폭되어 사방으로 퍼져 나갔다.

"그것에 대해 할 말이 있는데 발언권을 주셨으면 합니다."

"이안 레이너 백작이시군요. 허락하겠어요."

이안이 나서자 아이린은 싱긋 웃으며 발언권을 허락했다. 단으로 나오는 이안의 모습에 락토르의 왕국민들이 우레와 같은 함성을 내질렀다.

"왕국의 영웅이시다!"

"우와아아아! 백삭님 만세!"

"이안! 이안! 이안!"

사람들의 환호에 이안은 가볍게 손을 들어 제지했다. 지금은 환호를 하는 것보다 락토르 왕실에 씌워진 누명을 벗기는 것이 우선이었다.

"죽은 것으로 알려진 다아크 공작이 주장한 흑마법사와 국왕 전하의 연결과 관련된 것은 누명입니다. 그 증거로 정신을 잃은 국왕 전하께 다아크 공작이 흑마법으로 만들어낸 저주 물약을 먹였음을 보여 드리겠습니다."

이안은 국왕의 앞으로 가서 뇌에 기생하고 있는 흑마법의 산물을 끌어냈다. 순수한 마나를 집중하여 흑마력의 산물인 기생체가 버티지 못하고 나오게끔 만드는 것이었다.

"후웁!"

후웅! 웅! 웅! 웅! 웅!

강렬한 마나의 파동이 사방으로 퍼져 나가고 그 기운이 집중된 락토르 17세의 얼굴에는 사이한 검은빛이 꿈틀거렸다.

"오오! 저, 저것 좀 봐."

"백작님의 말이 사실인가 봐. 어머!"

괴로움에 몸부림을 치는 락토르 17세를 주변에 서 있던 성기사들이 붙잡으며 최대한 진정시켰다. 그렇게 시간이 흐르고 마침내 버티지 못한 기생체가 코를 통해서 빠져나왔다.

"이, 이건……."

"맞습니다. 사람의 뇌에 깃들어서 시전자의 명령에 따르도록 만드는 기생체입니다. 마계의 생명체로 흑마법사들이 만들어낸 것입니다."

"아… 그렇군요."

유리로 만든 그릇에 그것을 담은 이안은 눈동자가 다시 원래대로 돌아오는 락토르 17세를 쳐다보았다.

'오래 살기는 글렀군. 기생체에게 너무 많은 생명력을 빨아 먹혔어. 쯧쯧!'

혀를 차며 고개를 가로저은 이안은 이단 심판을 담당하는 심문관에게 그릇을 내밀었다. 조심스럽게 받아 든 신관이 물러가자 그는 고개를 가볍게 숙인 후 자리로 돌아왔다.

"그럼 락토르 17세는 흑마법사에게 당한 피해자라는 의미인 거로군요."

"맞습니다. 다아크 공작이 흑마법사들과 연관된 자였고 그가 누명을 씌운 겁니다."

"그럼 데스블러드 역시 그 자들의 소행인가요?"

"맞습니다. 그리고 데스블러드가 아닙니다. 체이스 제국의 황실에 알린 것처럼 흑마법사들이 나라를 전복시키기 위해서 꾸며낸 것입니다. 그 정체는 키메라라는 것도 이미 밝혀진 사실입니다. 로이건 자작!"

"네, 주군!"

"증거를 가져다 드리시오."

"네!"

로이건 자작이 자신이 밝혀낸 키메라에 관한 것들을 일괄적으로 제출했다. 그리고 키메라에 대한 것을 현미경을 통해서 보여주는 세심한 배려까지 베푼 후에야 물러났다.

"음… 이 정도면 판결을 할 수 있을 거 같군요. 모든 것은 다아크 공작이라는 자가 락토르 왕실을 전복하기 위해서 벌인 일이라 판결합니다. 대지의 여신 레아의 이름으로 락토르 왕실의 무고함을 선언하는 바입니다."

아이린이 선언하자 락토르의 국민들이 일제히 일어나 만세를 불렀다. 락토르 소속의 귀족들 역시 활짝 웃으며 서로 악수하는 그때, 단의 좌측에 앉아 있던 크리스토퍼 대공이 손을 들었다. 그는 천천히 단 앞으로 내려오며 손가락을 좌우로 내저었다. 뭔가 잘못됐다는 것을 말하려는 모습이었다.

9장

공왕을 하라니 이거야 원

락토르 왕실에 씌워진 누명이 벗겨졌으니 이제는 크리스 토퍼 대공에 대한 문제를 거론해야 할 시점이었다. 그런데 너무도 당당하게 나서는 대공의 모습에 이안은 뭔가 잘못되어 간다는 느낌을 받았다.

"나는 로크 제국의 대공인 크리스토퍼 폰 로크이다."

"하실 말씀이 있으신가요? 대공께서는 아직 피의자의 신분 이십니다만."

아이린이 조금은 쌀쌀맞은 목소리로 대공에게 말했다. 그럼에도 대공은 입꼬리를 살짝 말아 올리며 고개를 저었다.

"피의자라는 말은 취소했으면 싶군. 나 역시 피해자라서 말이야."

"피해자라니요?"

"락토르의 내부 반란 사건에 이용당한 피해자지. 다아크 공작이라는 그 미친놈 때문에 내 휘하의 병력이 10만 넘게 죽은 것은 알고 있나? 그러니 내가 피해자가 아니면 누가 피해자라는 건가?"

대공이 분노가 가득 실린 일갈을 터뜨리자 락토르의 국민들은 야유를 퍼부었다. 그러나 제국의 눈치를 봐야 하는 입장이기에 기사들이 나서서 진정을 시켰다.

"그런가요? 제가 듣기로는 다아크 공작과 한편이라고 들었는데요. 안 그런가요?"

"아니. 나는 락토르 17세가 마왕을 소환해서라도 로크 제국을 멸망시키겠다고 떠든 영상을 보고 온 것에 불과하다. 그 과정에서 락토르 왕국군과 충돌을 했고… 보다시피 패해서 부하들을 모두 잃었지."

철저하게 피해자라고 주장하는 크리스토퍼 대공의 말에 이안이 앞으로 나서며 입을 열었다.

"대공께서 피해자라고 하니 조금은… 아니, 많이 우습군요. 지난 싸움에서 대공의 부하들 중 흑마법사들이 있었음을 잊으셨습니까? 그들이 사용한 흑마법을 나뿐만이 아닌 락토르의 수많은 군인들이 목격했습니다만."

"아아! 그건 오해지. 암! 오해고말고."

"하… 오해란 말씀입니까?"

"당연하다. 나는 다아크 공작이라는 자가 빌려준 마법사 부대를 데리고 전투를 치렀을 뿐이거든. 내 휘하에는 마법병단이 없어서 말이지."

"그 무슨 말도……."

"대공의 말에 옳네. 이안 레이너 백작."

"뭐요?"

"그것은 우리 체이스 제국의 정보국에서도 확인을 한 사실일세."

뜬금없이 라펠러 공작이 나서서 크리스토퍼 대공의 편을 들고 있었다. 어처구니가 없는 그 상황에 이안은 분노로 심장이 뜨겁게 타올랐다.

'분노를 가라앉혀야 한다. 심장을 뜨거워도 머리는 차가워야 해. 후우우!'

속으로 심호흡을 하며 분기를 다스리던 이안은 라펠러 공작이 왜 이런 짓을 하는지 그것부터 알고자 했다.

"그 말이 정말입니까?"

"맞네. 다아크 공작이 빌려준 마법병단임을 아국의 정보국이 확인했네. 여기 보고서가 있으니 읽어보게나."

라펠러 공작이 건네는 서류 뭉치를 무시하며 이안은 뚫어져라 공작을 쳐다보았다. 눈동자가 살짝 흔들리는 것이 거짓말이라는 것을 알았지만 강제로 어떤 조치를 취할 수는 없었다. 자칫 로크 제국과 전면전이라도 발생할 수 있으니 말이었다.

"훗… 재미있군. 정말 재미있어 죽을 거 같단 말이지. 크크쿡!"

이안이 미친놈처럼 웃는 것을 보는 라펠러 공작의 눈동자가 심하게 흔들렸다. 그러나 이내 눈을 부릅뜨며 신형을 틀어 자신의 자리로 돌아갔다.

"체이스 제국의 라펠러 공작도 증언했다시피 나는 너희 락토르 놈들의 농간에 휘말려 10만이 넘는 부하들을 잃었다. 그 피해에 대한 책임을 묻겠다!"

강하게 분통을 터뜨리는 크리스토퍼 대공의 외침에 락토르 측 인사들은 이를 갈았다. 그러나 체이스 제국의 변심으로 인해 그 어떤 반격도 할 수 없었다. 다아크 공작은 죽었고 그 모든 책임은 이제 락토르 왕실이 뒤집어쓸 판이니 말이다.

'후우… 열이 받는 것은 받는 거고… 일단 이 상황부터 해결해야겠군.'

이안은 체이스 제국이 어떤 마음으로 저런 짓을 하는지는 몰랐지만 일단 락토르 왕실에 전이될 책임을 걷어내는 것에 주력하기로 했다.

"그 말에는 어폐가 있군요, 크리스토퍼 대공!"

"뭐라? 어폐가 있다? 무엇이 어폐라는 것인가!"

대공은 자신을 이런 지경까지 몰아넣은 이안에게 더욱더 분노를 실어 외쳤다. 그런 그에게 다가간 이안은 냉정을 유지한 채 말했다.

"이단 심판관이 올 때까지 대기했으면 그만입니다. 그런데 굳이 군대를 움직여서 공격을 가한 것은 대공이 아닙니까? 왜 공격을 했는지 알고 싶지도 않지만 이유가 뭡니까? 협잡꾼의 농간을 핑계로 락토르 왕국을 집어삼키기라도 할 요량이었습니까? 그게 아니라면 왜 군대를 움직인 겁니까?"

"뭐라? 당연히 락토르 17세를 비롯한 죄인들을 잡아서……."

"아아! 죄인은 아니죠. 이렇게 밝혀졌듯이 다아크 공작의 농간에 놀아난 것이니까요. 그러니까 대공이 군을 움직여서 피해를 자초한 것은 락토르의 책임이 아니라는 겁니다. 내 말은!"

"뭐라? 그럼 내 부하 10만의 목숨은 누가 책임을 진다는 말인가?"

"당연히 대공이 져야 할 문제입니다. 군을 움직일 이유도 없는데 움직여서 공격을 가했고, 반격을 받아 괴멸당한 것이니까요. 안 그렇습니까?"

"이, 이런……."

이안의 말에 크리스토퍼 대공은 할 말이 없었다. 군을 움직일 이유가 없었음은 사실이었고 굳이 군대를 움직여서 공격한 꼴이 된 것도 사실이었으니 말이다.

"다아크 공작의 술수에 휘말려 피해를 보셨다는 것은… 으득! 체이스 제국의 증언이 있었으니 그런 걸로 치겠습니다. 그러나 피해에 대한 것은 락토르의 책임이 아닙니다. 그건 명확하게 밝혀두는 바입니다."

이안이 목소리를 높여서 이야기하자 락토르 측의 왕실과 귀족들은 가슴을 쓸어내렸다. 10만에 달하는 병사들의 죽음에 대한 책임을 져야 한다면 그 어마어마한 보상을 해결할 방법이 없었던 것이다.

"난 인정할 수 없다. 당장은 반론할 말이 생각나지 않지만 계속해서 따질 것이다. 에잇!"

크리스토퍼 대공이 신경질적으로 말한 후에 자리로 돌아가자 이단 심판은 그렇게 막을 내렸다. 이제는 각국의 이해관계에 관련된 외교전이 벌어지게 될 예정이었다.

"후욱… 후욱……."

거칠게 숨을 몰아쉬는 락토르 17세의 환우는 내일을 장담할 수 없을 지경이었다. 마계의 기생체에게 너무 많은 생명력을 빼앗겨서 언제 죽어도 이상하지 않을 정도로 망가져 있었다.

"전하, 어서 기력을 회복하셔야지요. 그래야……."

"아니다… 하아… 하아… 나는 얼마 살지 못할 거 같구나. 후욱… 후욱……."

락토르 17세는 란세르 1왕자가 연금되어 있음을 보고받았음에도 아무런 말을 하지 않았다. 다아크 공작으로 인해 벌어진 일들까지 모두 듣고 난 뒤 삶에 대한 미련을 버린 듯 보였다.

"아레스야."

"네, 전하!"

아레스 왕자는 락토르 17세가 숨도 제대로 쉬고 눈빛이 또렷해지는 것에 불안감을 느끼고 바짝 붙어 앉았다.

"내가 무능하여 나라를 이 지경으로 만들었구나. 하지만 너라면 능히 나라를 다시 재건할 거라 믿는다."

"아버지!"

"뒤를 부탁하마. 부디 위대한 성군이 되어라."

"아닙니다. 아버지께서 다시 일어서셔야지요. 아, 아버지!"

"내 손으로 죽인 충신들이 나를 부르는구나… 아!"

벌떡 일어서며 두 손으로 뭔가를 부여잡으려 하는 락토르 17세의 몸이 그대로 축 늘어져 버렸다. 생명력을 모두 빼앗은 기생체가 사라지자 급격하게 소진된 몸이 버티지 못한 것이었다.

"아, 아버지! 으아아아!"

아레스 왕자는 부친의 죽음에 절망 어린 울음을 터뜨렸다. 대기하고 있던 신관들과 이실리스 후작이 급히 힐을 퍼부었지만 이미 떠나버린 혼백은 돌아올 줄을 몰랐다.

"서거하셨습니다, 저하!"

"으아아아! 아버지! 아버지, 정신을 차리십시오, 아버지!"

부친을 잃은 아레스 왕자의 절규에 이실리스 후작은 고개를 가로저으며 슬립 마법을 걸었다. 이대로 두었다가는 아레스 왕자마저 사달이 날 것을 염려한 것이다.

"슬립!"

"으으… 아버……."

정신을 잃고 쓰러지는 아레스 왕자를 부축한 기사들에게 손짓한 이실리스 후작은 락토르 17세의 죽음을 알렸다. 그리고 뒤처리를 하기 위해 모든 귀족들을 소집했다.

"귀족원에 알리고 모든 귀족들을 모으시오."

"예, 후작 각하!"

이실리스 후작은 아레스 왕자에게 성군이라 되라고 했던 국왕의 유명을 떠올리며 다음 국왕을 세우기 위한 작업에 돌입했다. 란세르 왕자가 있었지만 그는 반란을 한 죄과가 있었기에 계승 서열을 주장할 수 없었다. 그리고 선왕의 유명이 있으니 그런 것이 아니라고 해도 아레스 2왕자에게 대권이 주어질 것이었다.

갑자기 많은 일들이 한꺼번에 터지자 락토르의 왕성은 기이한 침묵 속에 빠져들었다. 락토르 17세가 서거했고 아레스 왕자가 다음 국왕으로 등극하는 절차를 밟고 있다는 것에, 국민들은 침묵과 함께 불안감에 떨고 있었다. 그들은 과연 아레스 왕자가 이 사태를 이겨내고 다시 왕국을 부강한 길로 이끌 수 있을 것인지 주목했다. 특히 이안 레이너라는 영웅을 아레스 왕자가 끌어안을 수 있을까 하는 문제가 모두의 화두가 되었다.

"우선 나라를 정상화시켜야 합니다. 그러니 임시로 이실리스 후작께서 재상의 자리를 맡아주세요."

아레스 왕자는 꼬박 하루 동안 정신을 잃고 있다가 깨어난 후 회의를 주재했다. 마음을 다잡았는지 슬퍼 보이는 모습임에도 꿋꿋하게 귀족들을 이끌었다.

"알겠습니다. 임시로 소신이 재상의 임무를 수행하겠습니다."

마법사로 정치적인 소양이 부족한 이실리스 후작이었지만 그런 점 때문에 지금 시점에서는 최적의 인사였다.

"지금 왕국의 최고 수뇌부가 붕괴된 상황이니 각 성장들을 최우선적으로 임명해야 합니다. 재상께서도 인선에 주력해 줬으면 합니다."

"그렇게 하지요. 내무성장과 국방성장이 궐석이니 그 자리부터 내정하시는 것이 좋겠습니다."

다른 자리는 어떻게든 돌아갈 것이지만 두 자리는 최우선적으로 인선을 해야 하는 자리였다. 군대가 반토막이 났고 국왕이 서거한 상황이기 때문이었다.

"내무성장은 누구를 세우는 것이 좋겠습니까?"

"아무래도 연륜이 있는 분이 좋겠지요."

"연륜이라… 으음……."

살아남은 귀족들 중에 연륜이 있고 자신에게 우호적인 인사를 찾으니 몇 되지 않는 귀족들이 남았다. 그중에서 가장 든든한 자신의 편인 외할아버지 플랑드르 후작이 최적의 인사라 할 것이었다.

"플랑드르 후작께서 내무성장을 맡아주세요. 가능하시겠습니까?"

"허허! 신에게 그런 막중한 임무를 맡겨주시니 감사합니다. 최선을 다해서 봉행하겠습니다."

플랑드르 후작은 재상의 직책이 아닌 내무성장이라는 것이 아쉬웠지만 그것으로 충분히 만족할 수 있었다. 임시 재상인 이실리스 후작은 어차피 마법에 미친 자였으니 곧 물러날 것을 아는 것이다.

"다음은 국방성장인데… 누가 좋겠습니까?"

아레스 왕자는 국방성의 고위 귀족들이 모두 죽음을 맞이한 이 상황에 불안감을 느꼈다. 남은 최고위 귀족이라고 해봐야 4군단장을 맡고 있는 브로엄 중장 정도였다. 그러나 그는 지난 싸움에서 리만 왕국을 핑계로 싸우는 것을 거부한 자였다. 헥토르 후작에게 국방성을 맡길 수는 없었으니 골치가 아파왔다.

'하아… 고위 귀족들이 모두 죽어나갔으니… 이렇게 인선하는 것도 어려울 줄이야.'

모두가 인정할 수 있는 인사를 해야 한다는 부담에 선뜻 국방성장의 인사를 할 수 없었다. 헥토르 후작의 반란과 다아크 공작의 내란으로 박살 난 군대를 다시 재정비해야 하는 임무를 맡아줄 인재가 없으니 말이었다.

'이전에 나라를 이끌던 자들이 모두 다아크 공작… 그자의 수하들이었으니… 으득!'

모든 것은 국정을 농단한 다아크 공작 탓이었다. 충신이라고 할 사람들은 그자에 의해서 모두 죽거나 쫓겨났고 내란을 종식시키는 동안 그마나 살아남은 자들도 모두 죽어버린 것이 뼈아팠다.

"들어가시면 안 됩니다."

"비켜라! 안에 아레스 왕자가 있다고 들었느니라!"

"회의 중이라 하지 않습니까? 나중에 오십시오."

"닥쳐라! 지금 봐야겠다. 길을 열어라!"

바깥에서 소란이 일어나고 그 목소리의 주인공이 크리스토퍼 대공이라는 것에 아레스 왕자는 인상을 찌푸렸다. 부왕의 서거로 인해 정신이 없어서 방치했던 그가 찾아온 것은 책임에 대한 소재를 따지려 함이 분명했다.

"안으로 모셔라!"

아레스 왕자는 어차피 부딪쳐야 할 일이라면 빠르게 마무리 짓는 것을 원했다. 차일피일 미루는 것은 자칫 로크 제국의 분노를 살지 모른다는 염려가 있었다.

"락토르 17세의 서거를 애도하는 바요."

"감사합니다. 크리스토퍼 대공 전하!"

아레스 왕자는 들어오자마자 애도를 표하는 것에 마주 인사하며 예를 갖췄다.

"제국으로 돌아가기 전에 내 책임 소재를 명확하게 하기를 원하는 바요."

"그러시군요. 아국의 레이너 백작이 심판 자리에서 한 말을 기억합니다만."

"그렇다고 해도 락토르의 농간에 제국의 병사들이 10만이

나 죽은 것은 사실 아니요."

"하지만 그건……."

"아아! 내가 실수를 했다고 해도 피해는 피해! 돌아가는 즉시 형님 폐하께 아뢰어 락토르 왕국에 그 죄를 물을 것이오. 그렇게 아시오. 이번에는 100만 대군을 몰아올 것이니 그때도 잘 막아보시구려!"

그렇게 말을 남기고 거침없이 돌아서는 크리스토퍼 대공의 행동에 아레스 왕자는 할 말을 잃어버렸다. 지금 상황에서 100만 대군을 이끌고 침공을 하겠다 억지를 부리니 뭐라 말을 할 것인가?

아레스 왕자부터 하급 귀족에 이르기까지 모두는 말을 잃었다. 억지라고 할 발언이지만 제국의 힘은 그 억지를 사실로 만들 힘이 있었다.

"하아… 어떻게 하면 좋겠습니까?"

아레스 왕자의 물음에 당장 임시로 재상의 자리에 오른 이실리스 후작이 입을 열었다.

"일단 달래는 것이 좋겠습니다. 크리스토퍼 대공은 지금 땅에 떨어진 자신의 위신을 찾으려는 것 같습니다."

"땅에 떨어진 위신이라… 하아……."

어려운 문제에 직면한 아레스 왕자는 자신이 머리를 숙여서라도 사태를 무마하는 것이 최선이라 여겼다.

"내가 대공을 달래보도록 하지요. 그러니 재상께서는 비어 있는 성장들의 인선에 주력해 주세요. 더 이상의 국정 공백은 없어야 합니다."

"알겠습니다. 최선을 다해보도록 하지요."

이실리스 후작은 아레스 왕자의 외할아버지인 플랑드르 후작과 머리를 맞대면 최선의 인사를 할 수 있을 거라 생각했다. 고위 귀족들이 대부분 죽은 마당이니 젊은 귀족들 중에서 무게감이 있는 자들로 꾸리면 어느 정도는 구색을 맞출 수 있을 것이었다.

"레이너 백작!"

"네, 저하!"

"같이 갑시다. 대공을 달래는 데 힘을 실어줄 사람은 경밖에 없는 것 같으니."

"그러시죠."

이안은 대공이 억지를 부리고 나간 것에 대해 여러 가지 생각을 하고 있었다. 그가 왜 그런 행동을 했는지에 대한 원론적인 생각부터 시작했다.

'원하는 바는 분명 마동포를 비롯한 병기들을 내어달라는 것인가?'

그가 빈 몸으로 돌아가도 제국에서 아무런 말도 하지 못할 실적이라고 한다면 그것밖에 없었다. 그리고 체이스 제국이 갑작스럽게 돌변하여 대공의 편을 든 것도 그것과 같은 맥락에서 이해가 가는 지금이었다.

"갑시다."

아레스 왕자가 황급히 움직여 먼저 나간 크리스토퍼 대공을 따라갔다. 이안은 내키지는 않아도 생각을 정리하며 그 뒤를 따랐다.

"저기 있군."

대회의장에서 그리 멀지 않은 곳에서 느릿하게 걸음을 옮기는 폼이 어서 자신을 붙잡으라고 하는 듯했다.

"대공! 잠시만 나 좀 보시죠."

아레스 왕자가 부르는 소리에 신형을 돌리는 대공의 옆에는 라펠러 공작이 함께하고 있었다. 두 사람의 얼굴에는 그럼 그렇지, 라는 기색이 역력했다.

"흐흠! 아레스 왕자께서는 할 말씀이라도 있는 겁니까?"

"이야기를 좀 하시죠. 꼭 전쟁으로 모든 것을 해결할 것은 아니지 않습니까?"

"이런! 전쟁을 하신다고 하신 겁니까? 허어… 하기야 그런 수모를 당했으니 그럴 만도 하십니다그려."

라펠러 공작이 추임새를 넣듯이 대공의 편을 들었다. 그런 모습에 이가 갈렸지만 꾹 참으며 이안이 입을 열었다.

"원하는 바가 뭡니까? 대공 전하의 위신을 세워 드릴 만한 무언가가 필요하신 듯해서 말입니다."

그 물음에 대공과 공작은 어깨를 으쓱거렸다. 자신들이 원하는 바가 무엇인지 자신들의 입으로는 할 수 없다는 투였다.

"보상을 원하는 겁니까? 들어줄 수 있는 선이라면 들어드릴 것이니 대화로 풀어나가시지요."

아레스 왕자의 말에 두 사람은 서로를 쳐다보다 이내 대답을 했다.

"마동포와 그 괴병기의 제조법을 원합니다."

"네? 그, 그건……."

"왜요? 들어줄 수 없는 겁니까?"

마동포와 포탄의 제조법은 락토르 왕국의 것이 아니라 이안의 것이었다. 그것을 내어줄 수 있는 사람은 이안이었으니 아레스 왕자는 눈치를 살피며 말을 하지 못했다.

"그건 왕국의 것이 아닙니다. 제 소유의 것을 내어놓으라고 하는 겁니까?"

이안이 눈을 부릅뜨며 살기를 돋우자 두 사람은 살짝 화난 얼굴로 대답했다.

"경은 락토르의 귀족이 아니던가? 락토르 왕국이 잘못을 했으면 그 안에 소속된 자는 연대책임을 져야지."

"대공의 말씀이 옳습니다. 연대책임을 피하지는 못하지요.

귀족이라는 것은 권리를 누린 만큼 그 의무도 져야 하는 법."

두 사람이 합을 맞춘 듯이 그렇게 말하자 이안은 피식 웃으며 말했다.

"좋습니다. 그럼 로크 제국으로 제가 망명을 하죠. 마동포의 제작법도 포탄의 제조법도 그런 식으로 넘기면 되겠군요. 그렇지요?"

이안이 라펠러 공작을 죽일 듯이 노려보며 그리 말했다. 대번에 표정이 변한 라펠러 공작은 혀가 바짝 타들어갔다. 만에 하나라도 이안이 진짜 로크 제국으로 넘어가 버린다면 자신은, 아니, 가문 자체가 멸문지화를 당해야 할 판이니 말이다.

'골치 좀 아플 거다. 내가 이런 식으로 나올 줄은 몰랐을 테니까.'

락토르의 귀족이 대놓고 국왕이 될 왕자의 앞에서 망명을 운운하며 대서는 모습에 두 사람은 충격을 받았다. 그러나 크리스토퍼 대공은 충격보다 더한 기쁨에 입꼬리가 승천했다. 이안만 데리고 갈 수 있다면 병력을 모두 잃은 것쯤은 만회하고도 남을 실적일 것이었다.

"내 백작이 아국으로 온다면 공작의 작위를 내리도록 형님 폐하께 주청을 드리리다. 제국의 공작이라면 이깟 락토르 왕국이 해줄 수 있는 그 어떤 부와 명예도 따라가지 못할 것이오."

"이보게, 백작!"

"말씀하시죠."

"그러지 말고 차라리 우리 체이스로 오는 것은 어떤가. 우리 또한 공작의 작위를 보장하겠네."

이제는 서로 이안을 데려가기 위해 싸우는 입장이 되어버렸다. 두 사람의 틈이 벌어진 것에 이안은 빙그레 미소를 지으며 말했다.

"그런데 제가 한쪽으로 넘어가면 다른 한쪽은 얼마 가지 못하고 멸망하게 될 겁니다. 그건 인정하십니까?"

"끄응……."

"그거야… 커흠!"

두 사람은 이안이 가진 병기들이 한 나라에 집중되면 결국 그렇게 될 것임을 너무도 잘 알고 있었다.

"제가 가진 것들을 내어놓으라고 주장하시면 결국 저는 극단적인 선택을 할 수밖에 없습니다. 그러니 그 요구는 철회해 주십시오."

"별수 없지. 대공께서 양보를 하십시오. 원래 우리가 이야기한 대로 진행하는 것이 최선입니다."

라펠러 공작은 이안이 로크로 넘어가는 것은 막아야 하겠기에 은근한 어조로 대공을 설득했다. 그 말에는 자신의 말을 듣지 않으면 거짓 증언을 한 것을 철회할 수도 있다는 협박이 깃들어 있었다.

"으음… 좋소. 그럼 다른 조건을 말하지."

"말씀하십시오. 들어드릴 수 있는 것이라면 수용하겠습니다."

아레스 왕자를 응시한 크리스토퍼 대공은 원래 합의했던 내용대로 이야기를 꺼냈다.

"두 제국의 존망을 이야기할 만큼 이안 레이너 백작이 가진 병기의 위력은 엄청난 것이오. 그래서 말인데… 그 힘을 락토르가 가지는 것도 우리는 원하지 않소."

"네? 그, 그럼……."

"레이너 백작을 공작으로 삼고 그에게 공국의 건국을 허락하시오."

머리를 한 대 강하게 얻어맞은 것 같은 충격에 아레스 왕자는 정신을 차릴 수 없었다. 공국으로 만들고 락토르에서 떼어내라는 말이었다. 그렇게 할 경우 락토르의 재건은 엄청난 난관에 봉착할 것이었다. 그리고 두 제국의 틈바구니에서 살아남을 수 있을까 하는 의구심에 휩싸였다.

"그게 안 될 경우… 아국은 모든 힘을 투사하여 락토르를 지울 것이오. 아국에 위해가 갈 요소를 방치할 수는 없음이니."

"그것은 우리 체이스 제국도 마찬가지요. 거부할 경우 우리도 로크와 뜻을 함께하겠소."

두 사람의 협박에 아레스 왕자는 이안을 쳐다보았다. 자신은 어떻게 할 수 없으니 이안에게 어떻게 해보라는 간절한 눈빛을 담고 있었다.

"그렇게 만든 후 레이너 백작의 공국은 세 나라에 균등하게 마동포와 샤베른, 그리고 그 괴병기를 의무적으로 수출해야 하오. 그럼 두 제국은 공국의 안녕을 세세토록 보살펴 줄 것이오."

대공의 마지막 말에 이안은 라펠러 공작이 의도한 바를 깨달았다. 공국으로 만들어서 병기를 수출하는 공장 정도로 자신을 억압하려고 한다는 것을 말이다.

'빌어먹을…….'

공국이 된다고 해도 자신의 영지에 영지민은 고작해야 30만에 불과했다. 주변의 땅에서 유민들을 끌어모은다고 해도 최대 50만 정도를 넘기기 어려웠다. 그 인구로는 수백 년이 흘러도 두 제국을 이겨낼 힘을 기를 수 없었다.

'고립… 그것이 목적이었군. 허 참…….'

어이가 없었지만 두 제국이 그렇게 마음먹은 이상 그대로 흘러갈 것은 피할 방법이 없었다.

"좋습니다. 그렇게 하지요."

"왕자님!"

이안은 아레스 왕자도 두 사람의 뜻을 알아채고 결단을 내렸다는 것을 알았다. 그러나 고립만큼은 피하고 싶은 마음에 강하게 아레스 왕자를 불렀다.

"두 분의 뜻대로 레이너 백작을 공작으로 삼고 공국으로 독립을 승인하겠습니다. 그럼 되겠습니까?"

"커험! 무, 물론이오."

"그렇게 한다면 나도 불만은 없소."

아레스 왕자는 두 사람의 확답에 고개를 끄덕였다. 이미 이안이 왕실에 충성하지 않는 사람이라는 것은 그도 알고 있었다. 거기에 이안이 왕국의 영웅으로 있는 것도 부담으로 작용했다. 그러니 두 사람이 원하는 대로 이안을 작은 땅에 고립시키는 것이 최선이라 그 역시 생각한 것이었다.

"내가 즉위하는 날… 백작도 공작이 될 것이오. 그리고 공국을 세우도록 하시오. 그 길만이 모두가 평화로울 거 같으니 말이오."

"하아… 그 결정 후회 없으시겠습니까?"

"물론이오."

"좋습니다. 그럼 윈터폴 요새 이북의 땅을 모두 내어주십시오. 어차피 그 땅에 남아 있는 백성들도 별로 없으니까요."

"그건……."

아레스 왕자는 동북부 땅을 모두 내어놓으라고 요구하는 이안의 말에 눈을 부릅떴다.

"어차피 삼국의 중립지대를 원하는 거라면 그게 나을 겁니다. 그리고 두 제국에도 요구를 하지요."

"요구라… 말해보게."

"헬카이드 산맥을 주십시오. 어차피 두 제국도 헬카이드 산맥 아래를 실효 지배하는 상황이니 손해는 없으실 겁니다."

"그건……."

"저를 몰아세웠으면 그 정도는 해주셔야죠. 안 그렇습니까?"

이안의 당당한 요구에 두 사람은 서로를 쳐다보았다. 헬카이드 산맥은 몬스터들의 천국으로 정벌하는 것도 어려워 포기한 땅임에는 분명했다. 그러니 지금 상황에선, 내어준다고 해도 두 제국에 손해가 가는 결정은 아닐 것이었다.

"좋아. 내 형님 폐하의 윤허를 얻어내도록 하지. 단! 마동포와 샤베른, 그리고 그 괴병기의 수출은 반드시 이루어져야 하네. 알겠나?"

"물론입니다. 세 나라의 틈바구니에서 살아남으려면 그렇게 하는 것이 최선일 테니까요."

"하하하! 잘 생각했네. 레이너 백작… 아니지, 이제는 공왕이라고 불러드려야 하나? 하하하하하!"

광소를 터뜨리는 크리스토퍼 대공을 보며 이안은 속으로 분기를 억눌렀다. 그리고 언젠가는, 이런 결정을 한 세 사람을 반드시 후회하게 만들고 말겠다는 의지를 다졌다.

"어떻게 할래?"

"뭘 어떻게 해?"

"공국을 세우라고 하니 묻는 거다."

"거참……."

맥컬리를 비롯한 친구들은 이안이 공왕이 된다는 말에 어이가 없었다. 그 공국이 세워지면 자신들은 어떻게 할 것인지 결정을 하라는 말에 이렇게 뜸을 들이고 있는 것이었다.

"뭐 세 나라가 안전을 보장해 준다고 하니 나쁘지는 않을 거 같네."

"내 생각도 마찬가지. 사람이 없어서 크지는 못하겠지만 평화롭게 살기는 하겠다."

맥컬리와 안드레아가 긍정적인 이야기를 하며 다른 친구들에게 고개를 끄덕여 보였다.

"나도 동감이다. 친구 녀석이 왕이 되는데 한자리 떼어주지 않겠냐?"

"크크크! 너도 그 생각했냐? 나돈데."

네 친구는 이안이 공왕이 되면 자신들은 개국공신이 되는 거라 생각하며 피식 미소를 지었다. 자신들의 가문이 그렇게 훌륭하고 위세가 넘치는 가문도 아니고, 이참에 공국이 세워질 곳으로 모두 이주하면 그만이라는 것도 마음을 편하게 만들었다.

"그럼 모두 나와 함께할 거냐?"

"당연하지. 아… 이제부터는 말도 함부로 하면 안 되겠군. 그렇게 하지요, 전하!"

"분부만 하십시오. 전하!"

친구들이 익살스러운 표정으로 대답하는 것에 이안은 조금은 마음이 놓였다. 더 포섭해야 할 사람들이 많았으니 지금부터 친구들과 함께 빠르게 움직여야 할 것이었다. 아무것도 가지지 못한 지금 상황에서 공국을 세우려면 잠잘 시간도 없이 바쁘게 뛰어야 할 판이었다.

'가진 게 없으니 사람이라도 가져야 한다. 그래야 살아남을 수 있어.'

이안은 친구들에게 공국으로 함께 갈 사람들을 찾아보라고 말한 후 급히 왕궁을 빠져나갔다. 발 빠르게 움직여서 최대한 많은 인재들을 이끌고 가기 위해 날뛰어야 할 것이었다.

10장

사기 좀, 쳐볼까.

공국으로 독립하라는 두 제국의 요구에 아레스 왕자가 굴복하여 이안을 독립된 공국의 공왕으로 승인했다는 이야기가 퍼져 나갔다. 두 제국의 사람들이 일부러 소문을 키워서 흘렸기에 하루가 지나기도 전에 락토르 전역이 충격에 빠져버렸다.

"축하드려요, 이제는 공왕 전하라 불러야겠네요. 호호!"

"축하는 무슨. 억지로 공왕이 되게 생겼는데."

"그래도요. 공왕 전하라… 정말 멋져요."

묘한 눈빛으로 이안을 바라보던 샐리는 자신의 주군이 이전보다 훨씬 더 멋있어 보인다는 생각을 했다. 그리고 공왕이 되는 만큼 자신과 정보 길드의 역할이 그 무엇보다 커질 것이라는 생각에, 어깨에 잔뜩 힘이 들어갔다.

"공국이 만들어지면 우리에게 남는 것은 아무 것도 없어. 척박한 동북부의 땅에서 시작해야 하니까 말이야."

"그건… 에효… 힘들겠네요."

"우리가 믿을 것은 사람밖에 없다. 그리고 기술력 정도랄까?"

"뭐 먹고 사는 것에는 지장이 없겠네요. 마동포만 수출해도 충분할 테니까요."

"그렇기는 하지. 하지만 자급자족이 불가능한 나라는 중대한 문제에 직면하게 되어 있어. 다른 나라들이 식량을 가지고 장난을 치면 속수무책으로 당해야 하는 거니까."

"아… 그, 그럴 수도 있겠어요."

샐리는 이안이 하는 말을 들으며 공국을 건국하더라도 엄청난 위험을 짊어지고 가게 된다는 것을 새삼 깨달았다.

"지금까지도 잘해줬지만 이제는 더욱 샐리의 임무가 막중해졌어."

"어떤 임무인가요? 막중한 그 임무요."

"우리에게 필요한 인재를 스카우트해야지. 군사와 병기를 제외한 모든 분야의 인재들을 말이야."

군사와 병기 분야는 지금 세계에서 최강이라고 불러도 무방했다. 그 기술력 역시도 최고였으니 그 분야는 이대로만 발전해 나가면 될 것이었다.

그러나 나머지 분야는 사람이 없어도 너무 없다는 말이 딱 맞는 지경이었다. 군인들이 군정을 하듯이 모든 것을 이끌어 나가고 있으니 말이다.

"공국이 건국된다고 해도 지금 상태라면 관리들이 없어서 주먹구구식으로 운영이 될 거야. 그러니까 그런 일을 해줄 관리들이 필요하지. 최우선적으로 끌어들여야 할 사람들이 행정을 해줄 사람들이야."

"알겠어요. 그리고 또 있나요?"

"그 어떤 분야라도 자신만의 노하우를 가진 사람이라면 모두. 너무 추상적인가?"

"아니에요. 능력이 있다면 누구라도 데리고 가겠다는 뜻이잖아요. 그렇죠?"

"그런 거지."

"소문을 내야겠네요."

"소문?"

"영웅이신 이안 폰 레이너 공왕 전하께서 건국에 필요한 인재들을 구한다고요. 실력이 뛰어난 자는 모두 우대한다고 하면 아마 엄청나게 몰릴 거예요."

"설마… 기존에 누리던 것들이 있을 텐데 고생길을 찾아서 올까 싶네."

"아닐걸요? 주군의 명성은 지금 락토르 왕실을 뛰어넘은 지 오래예요. 그러니 제 말대로 될 거예요."

"그런가? 훗! 아무튼 인재를 구하는 문제는 신경 좀 써줘."

"네, 맡겨주세요. 호호!"

샐리는 자신에게 의지하는 이안의 신뢰에 너무도 가슴이 벅차올랐다. 처음 만났을 때부터 지금에 이르기까지 돌이켜 보면 정말 과분한 주군을 모신다는 생각이 들었다.

"아 참!"

"네? 무슨……."

"이제부터는 그 누구의 눈치도 보지 마. 까불면 내 이름 대고 받아버려. 알았지?"

"호호! 알았어요."

샐리는 이안이 윙크를 날리며 하는 말에 마음이 유쾌해졌다. 정보 길드를 운용하면서 알게 모르게 숨을 죽여야 할 때가 많았는데 이제는 그런 눈치 따위는 싹 무시해도 된다는 것이 너무도 기뻤다.

'도대체 뭘 원하는 거지?'

이런저런 일들로 바쁘게 움직이던 이안은 아레스 왕자가

찾는다는 말에 왕궁으로 돌아왔다. 그리고 독대라는 이름으로 불리는 자리에 불편한 표정을 고스란히 드러내고 있었다.

"이제 사흘 후면 이 나라와는 작별을 하겠군요."

다른 때와는 다르게 존대를 해주는 아레스 왕자를 보며 이안은 눈에 이채를 띠었다. 그가 왜 저렇게 저자세를 취하는지 그것이 궁금했다.

"무슨 부탁이라도 있는 겁니까?"

"크흠… 부탁이라기보다는 그냥 해야 할 이야기가 있는 거 같아서 말이지요."

"해보시죠. 비록 두 제국의 억지에 의해서 공국으로 떨어져 나가지만 그 뿌리는 락토르 왕국이니까요."

이안은 두 제국보다는 락토르에 기울 수밖에 없다는 것을 스스로도 잘 알고 있었다. 만에 하나라도 락토르가 두 제국 중 하나에게 침공을 받는다면 검을 뽑아 들고 싸워야 한다는 것도 알았다.

하지만 그것은 자신이 살아 있을 때까지였고 만약 자손이 뒤를 잇는다면 그런 의무감 따위는 없어도 될 것이라 생각했다.

"백작도 알다시피 헥토르 후작은 락토르 왕국 내에서도 여러 이야기들이 나오고 있습니다."

"헥토르 후작… 그렇군요."

아레스 왕자가 헥토르 후작에 관한 이야기를 꺼내자 왜 이렇게 존대까지 해가며 자신을 예우하는지 알 것 같았다.

'한 땅에 두 오우거를 몰아넣으시겠다? 하아… 어렵네.'

헥토르 후작은 동북부의 지배자였다. 그의 자리를 빼앗은 것이 이안이고 지금 공국을 세울 땅도 그곳이었다. 그러니 헥토르 후작이 공국으로 넘어오게 되면 필연적으로 부딪히게 되어 있었다.

그의 백성들이었던 자들이 이안을 따를 것인지, 아니면 헥토르의 편을 들어 저항을 할 것인지는 아직 미지수였다. 그러나 확실한 것이 하나 있었다. 바로 서로를 견제하고 그 견제가 극에 달하면 치열하게 싸우게 될 거라는 점이었다.

"왕자님의 말씀은 공국으로 헥토르 후작을 데리고 가달라는 것입니까?"

"하하! 그러는 편이 아무래도 서로에게 좋을 거 같아서 말입니다. 헥토르 후작 역시 락토르에 남는 것을 원하지 않을 것이고 나와 귀족들의 의견도 그렇습니다."

"으음… 어려운 문제로군요."

"물론 쉬운 결정이 아니라는 것은 나도 압니다. 하지만 동북부 땅을 모두 내어주기로 결정한 나와 왕국의 입장도 헤아려 줬으면 합니다."

따지고 보면 헥토르 후작 역시 락토르 왕국에 남는 것을 원하지 않을 것이었다. 이전에는 자신이 있으니 그를 박대하지는 못할 터였지만 지금은 상황 자체가 변해 버렸다.

"만약 제가 거절하면 어떻게 되는 겁니까?"

"하아… 그럴 경우… 할양해 달라고 한 땅의 일부를 헥토르 후작에게 내주고 그 역시 독립하라고 해야겠지요. 나는 아니, 우리는 그 방법이 최선이라고 생각합니다."

자신에게 할양하기로 한 땅의 절반 정도를 떼어주고 헥토르 후작을 독립시켜 버리겠다는 뜻이었다. 그렇게 될 경우에도 문제는 발생하게 될 것이었다. 그의 백성들이었던 자들이 그곳으로 빠져나가게 될 것이니 말이다.

'아니… 헥토르 후작의 영지민들에게 했던 그 짓거리들을 생각하면 안 갈 수도 있으려나?

물론 헥토르 후작이 한 일이 아니라 그 밑에 있는 자들이 한 일이기는 했다. 그렇다고 해도 부하를 다스리지 못한 잘못은 그 주인에게 있었다.

'그래도 헥토르에 대한 신뢰를 버리지 못한 자들이 많을 것이다. 그 역시 이전에는 왕국의 영웅으로 불리던 자였으니까.'

세 나라가 완전히 이중 삼중으로 족쇄를 채우려고 하는 꼴을 보니 분통을 넘어 분노가 치밀어 올랐다. 그러나 이제 와서 안 할 수도 없는 노릇이었다.

"후우… 알겠습니다. 그렇게 하도록 하죠. 단! 저도 조건이 있습니다."

"말씀하십시오. 들어드릴 수 있는 것이라면 거절하지 않겠습니다."

"레이너 가문을 모두 이주시킬 생각입니다. 아울러 가문을 따르는 백성들도 마찬가지입니다. 그러니 그것은 인정을 해주셨으면 합니다."

레이너 가문이 한때 완전하게 몰락하면서 시밀로프 후작가에게 모든 영지민을 빼앗겼다. 그 이후 시밀로프 후작가와 그 봉신 가문들에게 종속되었던 자들이 대거 레이너 가문의 땅으로 넘어왔다.

남작가에 불과한 레이너 가문이었지만 시밀로프 후작가를 무너뜨리고 그 땅을 임의 점거하면서 영지민만 10만을 상회하고 있는 실정이었다. 그들을 데리고 간다면 어느 정도 균형을 맞출 수 있을 것이었다.

"그것은… 하아… 그렇게 하도록 합시다."

아레스 왕자도 헥토르 후작을 따르던 백성들이 있으니 이 안이 그런 선택을 한 것이라 여겼다. 어느 정도 지지층이 있어야 서로 싸울 거라는 판단도 한몫해서 결정을 쉽게 내릴 수 있었다.

"그럼 더 없는 겁니까?"

"지금으로서는 그렇습니다."

"또 협의할 내용이 없었으면 좋겠군요. 먼저 일어나겠습니다."

"살펴 가시길!"

아레스 왕자의 인사를 받으며 이안은 왕궁을 나섰다. 헥토르 후작을 만나 이번 문제에 대한 이야기를 나눠야 할 것 같았다.

"축하하네, 공왕!"

부친인 비어홀트 남작은 아들의 손을 잡으며 축하의 말을 건넸다. 부친의 뒤로 몇몇 귀족들이 있었는데 그들은 예전 귀족연합군을 결성했던 남부 귀족들이었다. 그들에게 들으라는 듯이 공왕이라는 호칭으로 부르는 부친에게 이안도 그저 미소로 화답했다.

"저를 기다리신 겁니까? 부르셨으면 달려갔을 건데요."

"아닐세. 내 어찌 공왕으로 즉위할 준비에 바쁜 사람을 오라 가라 하겠나."

이전과는 다르게 확실히 목소리에서 무게감이 느껴졌다. 아들이 공왕으로 즉위하는 것이 가져다주는 무게감이라고 해야 할 것이었다.

"공왕 전하! 감축드립니다."

"하하! 정말로 대단하십니다. 공왕 전하!"

귀족들은 비어홀트 남작이 인사를 시켜줄 생각을 안 하자 자신들이 나서서 감축한다며 인사를 건넸다.

"고맙소."

이안은 10여 명의 귀족들의 면면을 살폈다. 몇몇은 레이너 가문이 어려움에 처했음에도 먼저 나서서 함께 싸울 것을 표명했던 이들이었다. 그들에게는 환한 미소를 지으며 악수를 했다. 나머지 뒤늦게 합류한 이들은 그저 형식적인 인사를 나누며 이야기를 진행했다.

"그런데 어쩐 일로 저를 기다리신 겁니까?"

"아! 그게 말일세. 공왕이 공국을 건설하면 우리 가문도 옮겨가게 될 거 아니겠는가?"

"지금 아레스 왕자님과 협의를 마쳤습니다. 가문과 가문을 따르는 영지민들 모두를 이주시킬 예정입니다."

"오! 정말 다행일세. 안 그래도 그것 때문에 걱정이 많았다네."

영지민들을 버리고 가게 된다면 어떻게 해야 하나 걱정이 많았다. 그런데 영지민들까지 이주를 할 수 있다고 하니 걱정했던 것이 한꺼번에 날아가 버렸다.

"저 레이너 가문만 이주를 할 수 있는 것입니까?"

한 귀족의 물음에 이안은 찬찬히 고개를 끄덕였다. 다른 가문은 간다고 하면 왕국에서 막을 가능성이 컸다.

"아마도 그렇게 될 거 같소."

"아… 그렇군요."

조금은 실망한 듯한 모습에 이안은 의외라는 생각이 들었다. 남부 곡창지대에 영지를 가진 귀족들이 왜 공국으로 넘어가려고 하는 것인지에 대한 의문이 든 것이다.

"남부 곡창지대에 영지를 가진 귀족들로 알고 있소. 그런데 그런 풍요로운 곳을 놔두고……."

"아! 레이너 가문이 다시 영지를 되찾기 전에는 대부분의 곡식을 시밀로프 후작가에 바쳐야 하는 실정이었습니다. 그런데 다시 레이너 가문이 이주한다고 하니… 걱정이 앞서는 것은 어쩔 수 없습니다."

"아… 그런 일이 있었구려. 이런……."

남부의 대영주가 누가 될지는 모르지만 그가 시밀로프 후작가처럼 주변 영지들을 힘으로 압박한다면 저들은 예전의 생활로 돌아가게 될 것이었다. 그것을 걱정하는 모습에 이안은 고개를 가로저었다.

'시밀로프 가문이 참으로 빌어먹을 가문이었던 모양이군.'

자신의 손에 죽은 시밀로프 후작에게 다시 한 번 욕설을 터뜨린 이안은 귀족들에게 한 가지를 이야기했다.

"레이너 가문이 이주를 하게 되면 가문의 땅은 그대로 남게 될 것이오. 그러니 그 땅들을 여러 귀족들이 사는 것이 어떻겠소?"

"영지를 사라는 말씀이십니까?"

"반납하기 전에는 여전히 레이너 가문의 땅이지 않소. 그러니 그 땅을 파는 것은 아직 레이너 가문의 마음이지. 안 그렇소?"

"하지만 저희들은 자금이 여의치 않습니다만."

"저희 가문도 마찬가지입니다. 시밀로프 후작이 전횡을 일삼는 바람에 수십 년이 넘게 근근이 살아온 터라."

귀족들이 이구동성으로 자금이 없다는 말을 하며 난색을 표했다. 그러나 이안은 빙그레 미소를 지으며 손가락을 들어 좌우로 저었다.

"돈은 필요 없소. 땅을 나눠주는 대신 농노들을 대가로 주면 되오."

"농노들을 말씀이십니까?"

"그렇소. 비옥한 남부의 땅이라면 얼마든지 유민들을 끌어모을 수 있을 것이오. 그러니 그들에게 땅을 경작하게 하고 농노들을 내어주는 거지."

농노들을 내어달라는 말에 귀족들은 서로를 쳐다보며 고개를 끄덕거렸다. 농노들이야 얼마든지 다시 구할 수 있는 문제라는 생각인 것이다.

"그렇게 하겠습니다."

"저도 하겠습니다."

귀족들은 이제 비어버릴 레이너 가문의 땅을 어떻게 쪼개 가질지 의논하며 그 대가로 농노들을 모두 이안에게 건네기로 했다. 이안은 어차피 반납해야 할 땅을 내어주는 대가로 수만 명이 넘는 농노들을 얻어냈다.

어찌 보면 사기라고 할 수 있었지만 먼저 이런 문제를 생각하지 못한 락토르 왕실의 실착이라고 할 것이었다.

"레이너 공국의 개국을 선언하는 바이다. 공국에 속한 모든 백성들은……."

아레스 왕자가 왕위에 오르고 이안은 공작으로 승작과 동시에 공국의 개국을 허락한다는 칙서를 받았다. 곧장 돌아온 이안은 주요 지휘부와 예전 독립여단의 병사들을 모아놓고 공국의 개국을 선포했다.

"경하드립니다, 전하!"

"레이너 공국의 무궁한 발전을 기원합니다."

아직 성도 제대로 건축되지 않은 상황이라 독립여단의 본부였던 곳에서 초라하게 선포식을 하는 중이었다. 그래도 제법 많은 사람들이 모여 있었고 하나같이 앞날에 대한 희망으로 부푼 눈빛들이었다. 그것이 마음에 들어 이안은 환하게 미소를 지으며 입을 열었다.

"개국이라고 해도 지금 상황이 어떤지 모두 잘 알 거라 믿소. 아무 것도 없는 상황에서 처음부터 하나하나 일궈 나가야 하니 이 자리에 있는 분들은 앞으로 온갖 고생을 해야 할 것이오."

"걱정 마십시오. 모두 그런 각오도 없이 공왕 전하를 따르겠습니까. 안 그렇습니까, 다들?"

"하하! 물론입니다. 그러니 마소처럼 부리셔도 됩니다."

모여 있는 사람들은 하나같이 이안과 사선을 함께 넘었던 자들이었다. 능력의 유무를 떠나서 충성심만큼은 확실하게 믿을 수 있었다. 그리고 능력이 없었다면 처음부터 함께하지도 않았을 것이고 말이다.

"성대한 연회를 할 형편도 아니니 간단하게 작위 수여식과 관직을 발표하겠소."

작위 수여와 관직 발표라는 말에 모두는 기대감이 충만한 눈빛으로 이안의 입을 쳐다보았다. 아무리 충성을 바치는 입장이라고 해도 감투는 써야 제맛인 법이다.

"먼저 공국은 재상이라는 제도를 두지 않고 국방성을 시작으로 상공성, 재무성, 내무성, 외무성, 농림성, 마법성, 교육성 등 8개의 부서를 기본으로 할 것이오. 우선 국방성장에는 헥토르 후작을 임명하겠소. 작위는 그대로 후작으로 할 것이니 이해를 바라겠소."

공국의 후작과 왕국의 후작은 격이 한 단계 차이가 난다. 그러나 공작이 왕인 공국에서 후작의 작위보다 더 높여줄 수는 없는 노릇이었다.

"감사합니다. 전하!"

헥토르 후작은 락토르에서 자신을 보냈다는 것을 알고 있었다. 그래서인지 조금은 전향적인 자세를 보이며 이안을 대하고 있었다. 물론 충성을 다한다는 그런 것은 아닐지라도 파트너 정도의 인과관계를 유지했다.

"다음은 마법성의 성장으로 임명할 로이건 자작은 앞으로 나오시오."

"예, 전하!"

로이건 자작은 마법성의 성장으로 자신을 임명하는 이안의 앞으로 나와 정중한 군신의 예를 갖췄다. 국방성장으로 임명된 헥토르 후작이 허리를 숙이는 정도의 예를 갖춘 것과는 너무도 판이했다.

"로이건 자작은 7클래스의 경지를 이룩한 마도사로 능히 타국에서도 후작의 작위를 받을 수 있소. 따라서 후작의 작위를 내리고 마법성의 성장으로 임명하오."

"충심을 다해 마법성을 이끌겠나이다!"

로이건 자작, 아니, 이제 후작이 된 그는 자신의 주군에게 머리를 조아리며 충심을 내보였다.

"다음은 상공성의 성장을 맡게 될 샤르딘 아보트 준남작은 앞으로 나오라."

"예, 전하!"

샤르딘 상단의 상단주로 이안을 지난 1년 넘게 목숨을 걸고 지원했던 결과가 지금의 자리로 돌아왔다. 그래서인지 샤르딘 준남작은 감개가 무량하다는 표정으로 이안의 앞에 무릎 꿇었다.

"샤르딘 아보트 준남작에게 백작의 작위를 내리고 상공성의 일을 맡긴다."

"감읍하옵니다, 전하!"

샤르딘 백작이 된 그는 영원히 뼈를 묻어야 할 곳에 서게 됐음에 감개무량하여 우렁찬 대답을 한 후 물러났다.

"다음은 외무성의 성장으로……."

이안은 차례대로 작위와 관직의 임명을 진행했다. 부친인 비어홀트 남작에게는 락토르 왕실에서 하사받은 명예 공작의 작위가 있었기에 작위는 놔두고 외무성을 맡겼다. 타국과의 교섭을 하려면 그만한 작위가 필요했으니 그보다 더 적격의 인사가 없었던 탓이었다.

'이 정도면 골격은 짠 거 같은데… 흐음…….'

근위기사단장에 임명한 제니스에게 자작의 작위를 내린 것을 마지막으로 인선을 마쳤다. 성장의 아래인 처장급 인사에 맥컬리를 비롯한 친구들을 집어넣어서 지배력을 공고히 하는 것으로 인선을 마무리 지었다.

"교육성의 성장이 됐지만 어떻게 해야 할지 아직 감도 잡지 못했습니다. 전하!"

교육성장은 어쩔 수 없이 로이건 후작이 데려온 6클래스의 마법사인 훈트 백작에게 맡겨야 했다. 여러 저명인사의 초빙이 이루어지지 않은 상황이었기에 임시방편으로 임명한 것이었다.

"관료들의 수가 너무 부족합니다. 임시로 군에서 차출해서 쓰고는 있지만 대책 마련이 시급합니다."

재무성을 담당하는 이 역시 6클래스의 마법사인 돌튼이라는 자였다. 로이건 후작이 데리고 온 인사로 그 역시 이번에 백작의 작위를 하사받았다.

"그 무엇보다 시급한 것은 10만 명이 넘는 농노들이 머물 공간과 식량문제를 해결해야 합니다. 군을 활용하여 업무를 할 수는 있지만 그 문제는 도저히 해결이 불가능한 실정입니다."

성장을 맡은 사람들이 저마다 하는 말들은 어렵다는 내용

들뿐이었다. 갑자기 공국을 세우게 되면서 나타나는 문제는 이안의 머리를 금방이라도 폭발할 것처럼 만들었다.

"재원 마련도 시급합니다. 이제는 왕성으로 축조되는 탓에 비용이 배는 더 들어갑니다."

재원 마련이라는 말에 이안은 두 제국으로부터 넘겨받은 헬카이드 산맥의 개발을 떠올렸다. 그리고 그 이전에 식량문제를 해결하기 위해 상공성의 성장이 된 샤르딘 백작을 불렀다.

"상공성장!"

"예, 전하!"

"지금 식량을 수입할 만한 곳이 어디가 있겠소?"

"식량 사정에 여유가 있는 나라는 로크 제국인데 지금 실정으로는 수입은 불가능합니다. 그나마 가능성이 있는 곳은 리만 왕국인데 그곳에서 수입하려면 시간이 너무 오래 걸리는 터라……."

리만 왕국에서 레이너 공국까지 식량을 실어 오려면 적어도 두 달은 걸리는 머나먼 거리였다. 농노들은 보름이면 도착할 예정이니 그 안에 굶어 죽는 이들이 속출하게 될 것이었다.

'마법을 익혔다는 것이 이렇게 고마울 수가 없군. 포탈 마법을 사용하면 마나석은 소모되겠지만 빠르게 가져올 수 있을 것이다.'

윈터폴 요새까지 국경이 된 터라 그곳에서부터 리만 왕국까지 가는 포탈 마법진을 연결하면, 중간 경유지 한 곳만 더 거쳐 식량을 실어 오는 것이 가능했다. 포탈 마법을 세 번 열고 빠르게 이동한다면 식량을 구해오는 문제는 해결할 수 있을 것이었다.

"샤르딘 상단이 리만 왕국에도 지점이 있소?"

"물론입니다. 리만 왕국의 왕도인 콜른과 북부 관문 도시인 레체에 지부가 있습니다."

"그럼 좋소. 내 10만 골드를 내어줄테니 리만 왕국에서 식량을 사서 레체에 있는 지부에 모아주시오."

"레체에 말씀이십니까? 흐음… 최대한 모아보겠습니다. 한데 어떻게 가져오실 것인지요."

"포탈 마법진을 이용할 생각이오. 레체에서 이곳까지 포탈 마법진을 열면 하루면 옮길 수 있을 거 아니겠소?"

"아! 그, 그렇군요."

포탈 마법진을 여는 것은 엄청난 마나석의 소모가 이루어지는 일이었다. 그리고 그것을 열고 유지할 고위 마법사도 필요했는데 레이너 공국에는 그런 마법사들이 여럿 존재했다. 그러니 타국에서는 하기 어려운 그 일을 저렇게 말할 수 있는 것이었다.

"그럼 식량문제는 그렇게 해결하는 걸로 하고… 차제에 식량난을 자체적으로 해결할 수 있는 방안을 만들어야겠소. 언제까지 식량 수입에 목을 매달 수는 없는 노릇이니 말이오."

이안의 말에 모두가 공감하는 바였다. 식량을 타국에 의존한다면 영원토록 그 수출국에 휘둘릴 것이었다. 식량은 그 어떤 무기보다 강한 힘을 지니고 있었기에 모두는 그 문제 해결을 위해 전력을 다해야 한다고 생각했다.

"각국의 상단을 통해 대체식량이 될 만한 것을 찾아보시오. 밀이 아니더라도 충분히 식량 대용으로 쓸 만한 것이 분명 어딘가에는 있을 것이니."

이안은 이계인의 기억을 떠올렸다. 그의 기억에는 감자나 옥수수 같은 작물로 식량을 대체할 수 있다는 내용이 있었다. 이 땅에도 그런 식물이 분명 있을 것이고, 그것들은 밀보다 수확하는 기간도 짧으니 식량 자급자족을 이룰 수 있을 거라 확신했다.

"맡겨주십시오. 최선을 다하겠습니다."

샤르딘 백작은 이안의 명령을 지상 과제로 여겼다. 이 나라가 세세토록 번성하려면 반드시 이루어내야 할 과제이기 때문이었다.

"다음은 관리의 부족에 관한 문제를 해결해야 합니다. 인재의 유출을 막는 터라 아카데미의 인재들을 빼오는 것이 어렵습니다."

로이건 후작의 발언에 모두는 어두운 안색이 되어갔다. 인재가 부족한 상황에서 하급 관리로 사용할 아카데미 출신마저 유입이 끊길 마당이니 말이다.

"으음……."

인재는 키워서 사용해야 할 판이었다. 키우는 것은 시간이 걸리는 일이었고 적어도 1년은 가르쳐야 어느 정도 쓸 만하다는 소리가 나올 것이었다.

'어떻게 한다? 언제까지 군인들로 해결할 수는 없는 노릇인데. 뭔가 방법이 필요해…….'

이안은 심각한 고민 끝에 한 가지 결론을 내렸다. 언제까지 귀족 출신을 유입해 올 수는 없었다. 평민 출신의 아카데미생들도 마찬가지였고 말이다.

"글을 아는 하사관들을 총동원해서 백성들에게 글자를 가르치시오. 하급 마법사들도 총동원하여 셈을 하는 법도 가르치는 것이 좋겠소."

"글자를 가르친다는 말씀이십니까? 하오나 그건……."

로이건 후작은 백성들에게 글자를 가르치라는 명에 조금은 거부감을 느꼈다. 귀족 출신은 이안의 명령에 누구라고 할 것 없이 로이건과 같은 심정이었다. 백성은 글자를 알아서는 안 된다는 사고방식이 팽배한 귀족들의 의식이 문제였다.

"이 나라는 인구가 적어도 너무 적지. 그런 상황에서 나라를 유지하려면 다른 나라의 질서를 따를 필요는 없소. 우민화 정책을 유지해도 될 나라도 있지만, 우리처럼 작고 시작 단계에 있는 나라는 정반대라고 생각하오. 우리의 생존이 달린 문제라는 것을 명심하시오. 그러니 내 말대로 따라줬으면 좋겠소."

"하아… 전하의 뜻이 옳습니다. 그렇게 하겠습니다."

로이건 후작이 끌어모은 마법사들은 300여 명에 달하고 있었다. 그 숫자라면 어렵더라도 가르치는 것은 가능할 것이었다. 하사관들까지 나선다면 어느 정도 교육에 대한 문제는 해결될 수 있을 것이고, 시간이 흐른다면 관리의 부족 문제도 해결이 가능해 보였다.

'차라리 그 이계인의 세상에서 사용하는 문자를 가르칠까? 이 나라에서만 사용한다면 시간을 비약적으로 단축할 수 있을 것인데 말이지.'

이계인의 기억 속에서 본 그들의 문자는 머리가 멍청한 자들이라고 해도 보름이면 깨우칠 수 있는 과학적인 문자였다. 문자만 차용해서 이 땅의 언어를 쓸 수만 있다면 충분하니 말이었다.

'생각해 볼 문제다. 그리고 공용어는 중급 이상의 관리들만 익혀도 되는 문제니까.'

모두가 그 한글이라는 문자를 나라 안에서만 통용되는 문자로 사용하는 것을 상상해 보았다. 대외적으로는 대륙 공용어를 사용하면 그만이니 문제가 될 것은 없어 보였다.

'그래… 그렇게 하는 것이 좋겠어.'

한글을 자신이 만들어낸 문자라 이야기하고 공국 안에서만 사용하기로 마음먹었다. 단지 지금이 아닌 한 달 정도는 지난 후에 시작할 생각이었다.

"자자! 오늘 회의는 여기까지 합시다. 시급한 문제들을 최우선적으로 처리하도록 하고."

"네, 전하!"

회의가 파하자 모두는 각기 맡은 임무를 해결하기 위해 빠르게 회의장을 빠져나갔다.

"전하!"

"응? 샐리 자작은 할 말이 있소?"

"네, 긴히 드릴 말씀이 있습니다."

정보국의 국장으로 임명된 샐리는 락토르 왕성에서 정보길드를 철수시키고 길드원들로 정보국을 꾸렸다. 이전부터 해오던 일이라서 그런지 다른 부서들보다 훨씬 수월하게 자리를 잡아가는 중이었다.

"리만 왕국으로 가실 생각이신가요?"

"아무래도 그래야겠지."

리만 왕국으로 식량을 수입해서 가지고 오는 문제를 해결할 사람은 이안과 로이건 후작뿐이었다. 포탈 마법진을 여는 것은 4클래스 이상의 마법사라면 가능하지만 설치는 두 사람만이 가능했다.

"그럼 시간을 내서 케이트의 부족을 찾아봐주셨으면 합니다."

"케이트의 부족을? 아! 그렇군."

케이트의 부족은 수인족을 사냥하는 자들에 의해서 대수림으로 쫓겨 들어간 상태였다. 지금도 가디언으로 일하고 있는 수인족들이 노예 사냥꾼들에게 사냥을 당하는 형편이고 말이다.

'수인족들을 데려올 수만 있다면 기사가 부족한 것을 메우고도 남는다. 반드시 데리고 와야 해.'

수인족은 타고난 전사들이었고 헬카이드 산맥을 개발하려고 하는 이안의 입장에서는 그 전사들이 반드시 필요했다.

"그런데 무슨 일이라도 있는 건가?"

"정보가 들어왔는데 리만 왕국이 대대적인 토벌을 통해 대수림을 개발할 예정이라고 합니다. 그렇게 되면 수인족들은 갈 곳을 잃게 될 겁니다. 기간트를 이길 수는 없을 테니까요."

"흐음… 대수림이라……."

리만 왕국이 위치한 지역은 대수림이 절반을 넘는 곳이었다. 그런 곳에 위치한 나라인 리만 왕국은 발전이라는 명제하에 수인족을 밀어내고 대수림을 개발하려는 거였다.

'식량과 함께 수인족들도 데리고 와야겠어. 어차피 그대로 두면 죽기밖에 더 하겠어?'

이안은 이번에 케이트의 부족을 비롯한 가디언들의 부족들을 모두 데리고 올 결심을 굳혔다. 데리고 올 수만 있다면 그들을 헬카이드 산맥 개발의 첨병으로 사용할 것이고 말이다.

11장

리만 왕국으로

  나라를 세운다는 것이 얼마나 많은 사람들이 필요로 하는 것인지 실감했다. 사람이 없다고 해도 50여 명의 귀족들이 있었고 만능키라고 할 수 있는 4클래스 이상의 마법사도 그 정도 있었지만 인재난에 허덕여야 했다.

  '의식주를 해결하지 못하면 시작과 동시에 주저앉는다. 반드시 해결해야 해.'

  이안은 리만 왕국으로 가는 이 길에 모든 성패가 달려 있다는 것에 어깨가 무거웠다.

  "주인! 어디로 가면 되는 거냐? 응?"

에일리는 비공정의 조종석을 차지하고 어서 빨리 비행을 했으면 하는 얼굴이었다.

"저기… 이제 가는 건가요?"

에일리의 옆에 붙어서 수줍게 묻는 케이트는 자신이 살던 부족이 있는 곳으로 간다는 것을 설레는 모습이었다. 다른 가디언들도 수인족 노예 출신이라 그런지 같은 눈빛을 하고 있었다.

"그래, 가자. 남쪽으로 방향을 잡아!"

"웅! 주인!"

에일리는 수정구를 능숙하게 조작해 비공정을 띄웠다. 에일리와 수인족 가디언들은 익숙해졌는지 아무런 미동도 없이 비행을 즐겼는데, 그러지 못하는 이들도 있었다.

"어이쿠!"

"꽉 붙잡으시오. 이러다 넘어지겠소이다."

비공정을 탄다는 들뜬 마음에 갑판에 서 있다 봉변을 당한 것은 샤르딘 백작이었다. 엉덩방아를 찧는 그를 붙잡아준 로이건 후작은 만면에 미소가 흘러넘쳤다.

"저를 붙잡으십시오. 샤르딘 백작님."

"그, 그래야겠소. 제니스 자작."

이안의 최측근이라고 할 수 있는 세 사람까지 동원된 이번 출행은 어떻게든 성공시키겠다는 의지가 담긴 출행이었다.

식량을 구해오지 못하면 그대로 좌초할 레이너 공국이기 때문이었다.

"비공정을 살펴보니 뭔가 감이 잡히시오?"

이안은 제니스가 샤르딘 백작을 부축하는 것을 보고 로이건 후작에게 물었다. 로이건은 가는 중간에 내려서 포탈 마법진을 새기고 공국으로 돌아갈 예정이었다.

"선체 내부에 새겨진 마법진을 연구하는 중입니다. 워낙 뛰어난 마법 회로인지라 연구가 더 필요할 거 같습니다, 전하!"

"어렴풋이 알 것 같지만 워낙 복잡하고 아직 왜 그런 룬어를 썼는지 파악하기 어려운 것들도 많았소. 그러니 시간을 두고 차근차근 연구를 해봅시다."

이안은 비공정을 만들어내는 것에 욕심을 내는 중이었다. 마동포를 비롯한 병기만 팔 것이 아니라 비공정을 만들어서 팔 생각도 하고 있는 것이다.

'고부가가치의 물품을 만들어서 팔아야 한다. 그래야 공국을 살찌울 수 있지.'

아무리 농산물을 많이 생산해서 판다고 해도 그 가치는 들이는 노력과 시간에 비해서 그리 크지 않았다. 그러나 비공정을 만들어서 판다면 그 값어치는 금으로 산을 쌓아도 될 만큼 엄청난 것이었다.

'비공정을 판다면 얼마에 팔 수 있을까?

세상에는 엄청난 부를 축적한 가문들이 많았다. 그런 가문들이라면 비공정을 사기 위해 적어도 천만 골드는 우습게 치를 수 있을 거라는 생각이 들었다.

'워리어급 기간트의 가격이 5만 골드 정도 하니까 그 정도는 하겠지. 아마도……'

반드시 비공정까지 만들어 세상에 팔아먹겠다는 의지를 다지며 이안은 로이건 후작과 함께 마법에 관한 토론을 이어 갔다. 둘이 머리를 맞대고 마법진을 풀어나가자 이전에는 알지 못했던 것들과 어렴풋했던 것들이 하나씩 풀려나갔다.

덕분에 시간이 가는 줄 모르고 연구를 이어가던 두 사람은 더 높은 경지를 향해서 차근차근 걸음을 옮겨갔다.

"정지! 락토르 분들 같은데 신분 증명패를 보여주십시오."

레체시로 들어가는 성문의 입구에서 이안 일행은 경비병들의 제지를 받았다.

이안과 로이건 후작 등은 로브를 입고 있어서 마법사로 보였지만 나머지 수인족 가디언들이 문제였다. 30여 명에 이르는 수인족 전사들이 몰려 있으니 의심의 눈초리를 받는 것이었다.

"나는 샤르딘 상단의 상단주인 샤르딘 폰 아보트 백작일세. 여기 레이너 공국에서 발행한 신분 증명패일세."

"레이너 공국이요? 그런 나라도 있습니까?"

백작이라는 신분을 밝혔음에도 경비병은 고개를 갸웃거렸다. 아직 레이너 공국이 건국된 사실이 세상에 알려지지 않았으니 당연한 반응이었다.

"무슨 일인데 그래?"

"아, 오구스 대장님, 이것 좀 보십시오."

"어디 줘봐."

신분 증명패를 받아 든 오구스라는 경비대장은 레이너 공국의 백작임을 증명하는 신분패를 보고 뭔가 들은 기억을 떠올렸다.

"아! 락토르에서 분리 독립한 그 신생국을 말하는 거다. 레이너 공국의 백작이시군요. 다른 분들은⋯⋯."

"식량 수입을 위해 온 터라 경호원들이 좀 많소. 수인족 전사들은 이곳 출신이라 특별히 데리고 온 것이고."

"그러시군요. 들어가셔도 좋습니다."

"고맙소."

샤르딘 상단의 지부가 레체시에 있었으니 경비대장도 더는 꼬투리를 잡지 않았다. 신생국인데디 오랜 내전과 전쟁으로 식량 사정이 바닥을 긴다는 것쯤은 그도 잘 알고 있었다.

"대장님, 근데 레이너 공국은 어디 있는 나랍니까? 처음 들어 보는데 말입니다."

"락토르의 젊은 영웅인 이안 레이너라는 이름은 들어보았겠지?"

"그거야 잘 알고 있읍죠. 술집만 가면 들리는 이름이니까요."

이안의 이름은 먼 이국에도 퍼져 있었다. 워낙 대단한 일을 했기 때문이었다. 이안이 적은 병력으로 제국의 대공군을 괴멸시킨 후 급속도로 퍼져 나갔었다.

"그 사람이 세운 나라다. 뭐 기사분들이 하는 말을 들으면 두 제국이 겁을 먹고 공국을 세우도록 만들었다고는 하더라만."

"네? 제국이 겁을 먹어요? 왜요?"

"너도 머리가 있으면 생각을 좀 해봐라. 고작 3만도 안 되는 병력으로 4배가 넘는 적을 괴멸시킨 사람이다. 그 이전에도 10배가 넘는 적들을 이겨냈었고 말이야. 그런 사람이 무적의 괴병기라고 소문이 난 것을 가지고 있으니 겁이 안 나겠냐?"

"아… 그건 또 그렇긴 하네요. 히히!"

경비대장은 머리를 긁적이며 히죽 웃는 부하를 보고 혀를 찼다. 그러나 일반 병사가 그런 국제 정세를 안다는 것이 오히려 더 이상할 일일 거라 생각하며 발길을 돌렸다.

"아이고, 상단주님! 이 먼 곳까지 어인 발걸음이십니까!"

호들갑을 떨며 달려 나오는 사람은 리만 왕국민 특유의 까무잡잡한 피부색을 지닌 사람이었다. 워낙 더운 나라다 보니 입고 있는 복색 자체가 특이했다. 태양을 차단하기 위해 전신을 가렸지만 통기성이 뛰어난 소재로 만든 옷을 입은 것이 눈에 띄었다.

"페드로 지부장, 잘 있었는가?"

"하하! 그럼요. 저야 건강 빼면 시체잖습니까."

"건강하다니 다행이군. 들어가세."

"예, 제가 모십지요."

페드로 지부장이라는 자가 안내를 맡아 상단의 지부 안으로 안내했다. 크고 튼튼한 석조 건물은 다른 곳에 세워진 목조 건물들과는 확연한 차이를 보였다.

'대부분이 목조 건물이군. 하긴 나무가 워낙 흔한 곳이니 그럴 수밖에 없겠어.'

이런저런 것들을 눈에 담으며 이안은 조용히 샤르딘 백작을 따라갔다.

"저기… 그런데 저 마법사분들은 누구신지 알 수 있겠습니까? 척 봐도 대단하신 분들 같아서 말입니다."

사람이 풍기는 기운을 잘 읽어내는 것도 상인의 덕목 가운데 하나였다. 페드로 지부장도 오랜 세월 동안 사람을 상대하며 살아온 탓인지 안목이 상당히 뛰어났다.

"들어가서 이야기하세."

"네? 아, 알겠습니다."

지부의 직원들이 있으니 이안의 정체를 밝히기 어려웠다. 공국의 공왕이 타국에 직접 왔다는 것은 엄청난 위험을 감수해야 하는 일이니 말이다.

"아저씨들은 여기서 대기해 주세요."

"알겠소."

케이트는 에일리를 대신해서 수인족 전사들을 통제하는 역할을 맡았다. 에일리의 말주변이 워낙 없어 그러는 편이 일의 진행에 수월했기에 자연스럽게 굳어져 버렸다.

"앉으시지요. 전하!"

"고맙소."

이안은 샤르딘 백작이 권하는 자리에 앉았다. 자연스러운 그의 행동에 얼이 빠져버린 것은 페드로 지부장이었다.

"바, 방금 저, 전하라고 하셨습니까?"

"맞네. 레이너 공국의 초대 공왕이신 이안 폰 레이너 전하시네. 인사드리게."

"예예! 고, 공왕 저저전하를 뵙니다."

바짝 얼어서 말까지 더듬는 페드로 지부장은 넙죽 엎드리며 최대한의 경의를 표했다. 리만 왕국 특유의 예법에 이안은 빙긋이 미소를 지으며 말했다.

"그만 일어나게. 과한 예는 좋아하지 않네."

"네! 감사합니다, 전하!"

페드로 지부장은 레이너 공국이 건국되었다는 것을 알고 있었다. 그리고 상단의 상단주인 샤르딘 준남작이 백작의 작위를 받고 그 공국의 상공성장이 되었다는 것에 만세를 불렀었다. 앞으로 샤르딘 상단이 세계 최고의 상단으로 우뚝 서게 될 거라는 확신이 들어서였다.

"한데 어인 일로 이런 누추한 곳까지 왕림을 하신 것인지요?"

벼락을 맞은 듯한 긴장이 조금은 누그러졌는지 페드로 지부장의 말투가 평온을 되찾았다.

"식량난을 해결하기 위해서 직접 오셨네. 리만 왕국의 식량 사정은 좀 어떤가?"

"아! 올해는 대풍이라 식량 수급은 문제없습니다. 단지 국외로 가져갈 것을 알면 담합을 할까 그것이 걱정입니다만."

"그건 염려 말게. 식량을 가져가는 것을 저들은 알지 못할 테니 말일세."

"그렇다면 얼마든지 구입할 수 있습니다. 지금도 각 상단에 밀을 비롯한 곡식을 무제한으로 사들이는 중이니까요."

"그럼 다행이로군. 하면 언제쯤 이곳으로 모을 수 있겠나?"

식량은 부피가 워낙 큰 것이다 보니 이동하는 것에 시간이 많이 걸렸다.

"열흘 이내에 모을 수 있을 겁니다. 아마린 강의 수운을 따라서 운반을 하니까 실제로는 그 정도도 안 걸릴 겁니다."

"강의 수운을 따라 이동한다면 그렇겠군. 정말 다행일세."

샤르딘 백작과 페드로 지부장이 하는 말을 들으며 이안은 조금 마음을 놓을 수 있었다. 두 사람에게 맡겨두고 자신과 수인족 전사들은 그들의 일족들이 있는 곳으로 가는 것이 낫겠다는 판단이 섰다.

"백작은 이곳에서 식량을 수급하는 일을 진두지휘해 주시오. 나는 에일리와 함께 수인족들의 근거지로 가볼 테니."

"네? 수인족들이라면 대수림으로 들어가시는 겁니까?"

페드로 지부장이 깜짝 놀랐다는 듯이 물었다. 그의 눈빛을 보니 뭔가 심각한 문제가 그곳에서 벌어지고 있다는 것을 느낄 수 있을 정도였다.

"그런데 무슨 문제라도 있는가?"

"지금 대수림은 전쟁이 벌어지고 있습니다요. 자칫 싸움에 휩쓸리면 안 되겠기에 드리는 말씀입니다."

페드로 지부장의 말에 이안은 수인족들을 밀어내고 대수

림을 개발하려는 리만 왕국의 의지가 아주 강력하다는 생각이 들었다.

대수림은 워낙 우거진 밀림 지역이라 독충도 많고 온갖 몬스터들이 우글거리는 곳이었다. 그곳의 실제적인 주인으로 지내온 수인족을 이참에 완전히 밀어내려는 것으로 보였다.

"리만 왕국은 얼마나 전력을 투사한 것인가? 혹 알고 있는 것이 있소?"

"소인이 듣기로 기간트 200여 기가 동원된 거대 작전이라고 들었습니다. 기사와 병사들은 5만 이상이 동원되었고 말입니다."

"으음… 그 정도라면……."

기간트 200기가 움직이려면 리만 왕국이 국운을 걸고 작전을 벌이고 있다는 소리였다. 그들에 의해서 죽어나갈 수인족들을 생각하면 지금이라도 움직여야 했다.

"우리는 먼저 가보겠소. 로이건 후작은 이곳에서 샤르딘 백작을 좀 도와주시구려."

"예, 그리하겠습니다. 전하!"

로이건 후작이 사르딘 백작을 돕는다면 아무런 문제는 없을 것이었다. 그리고 공국에 문제가 발생하더라도 그가 바로 연락을 취할 수 있을 것이고 말이다.

"가자!"

"응! 주인!"

에일리는 대수림으로 간다는 말과 그곳에 수인족들이 엄청나게 많다는 말만 기억했다. 그곳에서 새로운 친구들을 만날 기대에 부풀어 이안의 팔짱을 끼며 종종걸음으로 빠져나갔다.

"휘유……."

이안이 나가자 긴장이 풀렸는지 페드로 지부장이 이제야 숨을 좀 쉴 수 있겠다는 듯 긴 한숨을 내쉬었다.

"그렇게 긴장이 되던가?"

"아이고, 말도 마십시오. 저 같은 상인이 언제 일국의 지존을 눈앞에서 뵐 수 있겠습니까. 긴장해서 오줌이 나올 뻔했지 뭡니까요. 흐흐흐!"

페드로 지부장의 넉살에 샤르딘 백작도 너털웃음을 터뜨렸다.

"아주 좋은 분이실세. 내가 장담하네만… 레이너 공국은 공국으로 끝날 나라가 아니야. 왕국… 아니, 제국까지 발돋움할 수 있는 힘을 가지고 있어. 그 힘은 바로 저분으로부터 시작되는 것이고 말일세."

뭔가 꿈꾸는 듯이 말하는 샤르딘 백작을 보며 페드로 지부장의 가슴이 활활 불타올랐다. 그도 이안 레이너라는 저 어린 공왕의 미래는 떠오르는 태양처럼 점점 더 빛을 발할 거라는 생각이 든 것이다.

대수림의 초입으로 비공정을 몰고 온 이안과 일행들은 엄청난 대수림의 위엄 앞에 압도당하고 말았다.

'끝도 없는 밀림이라니… 엄청난 장관이로구나.'

녹색의 바다라고 해도 무방할 정도로 끝이 없는 대수림은 이안에게 경외로움으로 다가왔다.

"주인! 저기 불난다."

"응? 불? 이런……."

이안은 에일리의 손이 가리키는 곳을 쳐다보았다가 인상을 찌푸렸다. 대수림을 개발한다는 명목하에 리만 왕국이 대수림에 불을 지른 것이다. 엄청난 범위의 수림이 불에 타서 연기가 올라오는 것이 멀리서 보였다.

"마스터! 저곳은 저희 일족이 머물던 곳입니다."

"칼리탄 산으로 향하는 곳곳에서 연기가 올라옵니다."

수인족 전사들은 발을 동동 구르며 연기가 올라온다고 아우성을 쳤다. 이안이 처음 바라보던 곳과는 정반대로 지옥이 되어버린 대수림의 동쪽은 곳곳에서 연기가 올라왔다.

"저 서북쪽은 평온했다. 이유가 있는가?"

이안의 물음에 한 가디언이 앞으로 나서며 말했다. 그는 분노로 이글이글 타오르는 눈빛을 강렬하게 뿜어내고 있었다.

"저쪽은 활쟁이들이 사는 곳입니다. 인간들도 함부로 들어가지 못합니다."

"활쟁이? 설마 엘프를 말하는 것인가?"

"그렇습니다. 엘프들이 강력한 정령을 소환하여 부리는 탓에 강철 괴물도 쉽게 부숩니다. 그래서 인간들도 저쪽으로는 가지 않습니다."

"그렇군……."

리만 왕국도 엘프들과 마찰을 빚는 것을 원하지 않았다. 엘프들은 정령만 다루는 것이 아니라, 하이엘프들 중에서는 인간이 이루지 못했던 영역의 마법사들이 다수 존재했다.

그들이 작정하고 고위 마법을 난사한다면 엄청난 피해를 감수해야 할 것이었다. 덕분에 기간트를 가지고도 엘프들과는 싸우는 것을 꺼려 했다.

"우선 너희 일족이 있다는 곳으로 가자."

"네, 마스터!"

인간들은 수인족들의 영역을 폐허로 만들기 위해 무차별적으로 불을 지르고 있었다.

'엘프들이 나무를 불태우고 있는데 가만히 있다는 것이 신기하군. 보통 숲을 태우면 엘프들이 나선다고 알고 있었는데 말이야.'

엘프들에 대한 이야기들이 워낙 많았으니 자신이 잘못 알고 있는 것인지도 몰랐다. 다만 한 가지, 엘프들이 수인족들과 힘을 합쳐서 숲을 지킨다면 리만 왕국도 저렇게 행동하지는 못할 거라는 점이었다.

"음… 전투인가?"

비공정이 공중에 높게 떠 있었기에 지상에 있는 인간의 모습은 거의 티끌 정도의 크기로 보였다. 그럼에도 이안의 기감에 잡히는 여러 곳의 전투 상황은 눈살을 찌푸리게 만들었다.

'기간트로 철저하게 밀어버리는군.'

사방에서 기간트의 움직임이 포착되었고, 기사와 병사들은 넓게 포위한 채 수인족들이 빠져나가지 못하도록 만들었다. 싸움은 오직 기간트로만 하는 것이었다.

'피해를 줄이려고 하는 거겠지만… 정말 치사하군.'

수인족들은 기간트가 아니라 무기와 갑옷도 제대로 갖추지 못했다. 수인화를 이루면 몸이 변하기 때문에 갑옷 같은 것을 입을 수 없었던 탓이 컸다. 발톱을 길게 세워서 클로처럼 사용하는 것이 무기의 전부였으니 인간과의 싸움에서 철저하게 밀리고 있는 것이었다.

"저기! 저깁니다. 아아……."

가디언은 자리에 당장이라도 비공정에서 뛰어내릴 것처럼

극도로 흥분한 모습을 보였다. 그의 일족이 있던 근거지는 불길에 휩싸인 상태였다.

그리고 수인족들은 인간의 시력을 몇 배 상회하는 특성을 갖고 있었다. 때문에 아래의 상황을 상세히 볼 수 있었고 분노가 머리끝까지 치민 것이다.

'우선 내 부하의 일족을 구하는 일부터 해야겠군.'

이안은 이글아이 마법으로 아래의 상황을 더욱 세밀하게 살폈다. 천여 명의 병력과 기간트 5대가 포위하듯이 수인족의 부락으로 몰려가는 중이었다. 그리고 그런 적들을 막기 위해서 수인족 전사들이 모두 몰려나와 전투를 벌였다.

'기간트가 문제로군… 거기다 마법사들까지.'

마법사들은 공격은 하지 않고 기간트의 공격을 보조하는 역할을 수행했다. 철저하게 바인딩이나 컨퓨전 등의 마법만으로 수인족 전사들을 무력화시켰다.

"에일리는 비공정을 지켜라."

"아웅! 나도 가면 안 되나? 주이인!"

"비공정을 착륙시킬 수 없어. 그러니 비공정을 여기에 대기해야 한다. 알았지?"

"우웅… 알았다, 주인!"

에일리는 이안과 함께 가지 못한다는 것에 낙심하는 모습이었지만 비공정을 조종하는 것은 자신만의 일이었다. 누구에게도 맡길 수 없는 중요한 일이라 마지못해 머무는 것을 택했다.

"가디언들은 내 손을 잡도록!"

"네, 마스터!"

가디언들은 모두 이안의 손을 잡고 잡지 못하는 자들은 다른 동료의 손을 잡았다.

"메스 텔레포트!"

후웅! 스팟!

순식간에 공간의 틈으로 이동하여 비공정에서 사라진 이안과 가디언들은 원하는 곳에 모습을 나타냈다.

"모두 나를 따르라. 절대 먼저 공격해서는 안 된다. 알겠나?"

"네, 마스터!"

주인의 명령은 절대적인 것이기에 가디언들은 분노를 억누르며 그를 따랐다.

"캬우우우!"

"크아아아!"

괴성을 지르며 기간트들을 파괴하기 위해 날뛰는 수인족 전사들이었다. 그러나 강철로 만들어진 기간트가 30㎝ 남짓한 수인족들의 발톱에 잘려 나갈 턱이 없었다.

부웅! 콰드등!

방패를 휘둘러 달려드는 수인족 전사를 후려쳤다. 거센 타격 음과 함께 뿔뿔이 날아간 수인족 전사는 온몸에서 피를 흘리며 괴로움에 몸부림을 쳤다. 동료들이 도우려고 해도 기사들의 보호를 받으며 마법을 사용하는 자들에 의해서 속박당하고 말았다.

"비겁한 놈들!"

"크아아악!"

바인딩에 붙잡힌 수인족 전사들은 온몸을 휘감은 뿌리를 잘라내며 괴성을 질렀다. 그러나 그 짧은 틈을 놓치지 않고 공격하는 기간트의 공격에 그대로 쓰러져 버렸다.

'이대로 둘 수는 없겠군.'

이안은 로브를 깊숙이 눌러썼다. 자신의 신분이 드러나는 것은 피해야 했기에 얼굴에도 마법을 걸어 남들이 알아볼 수 없도록 만들었다.

"일족들을 구하도록! 저들은 내가 상대한다."

"네, 마스터!"

수인족 가디언들은 이안의 명령이 떨어지자 수인화를 이루며 앞으로 내달렸다. 달려 나갈 때마다 몸이 변하며 두 배로 커진 수인족의 전사들이 우렁찬 외침을 토해냈다.

"샥툼! 아리가 울란! 스투카!"

이안은 알아들을 수 없는 수인족들만의 언어가 울려 퍼지고 지리멸렬해 가던 수인족들은 급히 뒤로 물러섰다.

"디스펠! 체인 라이트닝!"

후웅! 파츄츄츄츄츄!

수인족들을 묶고 있던 마법들을 한꺼번에 디스펠 주문으로 날려 버린 후 기간트들을 향해 체인 라이트닝을 날렸다.

콰앙! 콰콰콰쾅!

연속적으로 번개가 퍼져 나가며 기간트를 후려갈겼다. 5클래스의 주문이라지만 이안이 쏟아부은 마나는 6서클에 해당하는 것이었다. 그러니 대항 마법진이 새겨진 기간트라고 해도 무사할 수는 없었다.

―마법사다! 조심하라!

―으득! 찌릿찌릿한데?

라이더들은 갑작스런 마법으로 기간트를 타고 흐르는 뇌전에 감전되었다. 그러나 라이딩 슈트가 막아준 덕분에 찌릿한 느낌을 받는 정도로 그쳤다. 그래도 마법이 기간트에 영향을 줄 정도라는 것에 위기감을 느꼈다.

"물러가라! 물러가지 않는다면 너희들은 모두 죽는다! 파이어 브레스!"

이안은 플라이 마법으로 허공에 둥실 떠오른 채 마법을 캐스팅했다. 이안의 손에서 시작된 마나가 마법진을 허공에서 만들어내고 그곳으로부터 엄청난 화염이 허공을 갈랐다.

"도, 도망가야 해."

"7클래스의 마도사다. 피해!"

7클래스의 마도사는 소드 마스터와 동급으로 취급되는 전술 병기라고 할 수 있었다. 아무리 기간트가 대단하다고 해도 7클래스의 마법에는 당할 수밖에 없었다.

―바, 방패로 가리고 물러서라.

―빌어먹을… 후퇴한다!

라이더들 역시 허공에 뜬 채 파이어 브레스 마법을 펼치는 이안을 상대할 방법을 찾지 못했다. 상대를 한다고 해도 저 마법이 떨어지면 수백 미터가 화염의 지옥이 될 것이었다.

"캔슬!"

이안은 적들이 도주하는 것을 보고 마법을 취소시켰다. 파이어 브레스가 떨어져 내리면 방원 200여 미터는 쑥대밭이 될 터라 오히려 대수림을 파괴할 것이었다.

"마스터! 도움이 필요합니다!"

"여기 일족을 살려주십시오. 마스터!"

30여 명의 수인족 전사들이 사경을 헤매고 있었다. 기간트의 공격을 고스란히 당한 탓에 뼈가 온전하지 못한 자들이 대부분이었다. 피륙은 말할 것도 없는 처참한 상황에 이안은 미간을 좁히며 이를 앙다물었다.

'아무리 자신들의 이득을 위해서라지만… 이들이 무슨 잘

못을 했다고…….'

인간의 욕망이 빚어낸 참혹한 광경에 분노와 또 슬픔을 느끼며 이안은 마법을 캐스팅했다.

"그레이트 힐링!"

후웅! 휘류류류류류룽!

이안이 펼친 그레이트 힐링 마법이 수인족 전사들의 몸으로 스며들었다. 7클래스의 마법사가 펼치는 그레이트 힐링은 성녀인 아이린에 비할 바는 아니지만 어지간한 대신관급의 위력이었다.

"으으……."

"크으… 이, 인간이……."

정신을 차린 수인족 전사들은 자신들을 살려준 이가 인간이라는 것에 이를 갈았다.

"난 울란 일족의 스투카다. 저분은 내가 모시는 마스터로 다른 인간과는 다른 분이시다. 그러니 이빨을 드러내는 것은 용납하지 않는다!"

스투카가 나서서 하는 말에 수인족들은 드러낸 이빨을 도로 감췄다. 이안이 살려준 것도 있고, 30여 명에 달하는 수인족 전사들을 이끄는 자라는 것을 인정한 거였다.

"나반 일족의 전사장 바쿰이요. 도와줘서 고맙소."

"지금은 물러갔지만 저들은 곧 다시 올 것이오. 그러니 여기에서 이동해야 할 것이오."

이안의 말에도 바쿰과 그 일족의 전사들은 고개를 가로저었다.

"그럴 수는 없소. 저기 일족의 마을에 어린아이들이 있으니 말이요."

"아… 그런……."

수인족 전사들이 목숨을 도외시하며 기간트를 향해 육탄 돌격을 했던 이유가 어린아이들을 지키기 위해서였다. 그러나 다음에 적은 더 많은 기간트와 7클래스 마법사를 상대할 수 있는 전력을 이끌고 올 것이다.

그때는 자신도 더는 막아줄 수 없다는 생각에 이안이 말했다.

"어린아이들까지 데리고 이동할 만한 곳은 없는 것이오?"

"다른 곳들도 모두 공격받고 있어서… 후아칸 족의 마을로 간다면 또 모르겠소만."

"후아칸 일족?"

"호인족으로 대전사장의 칭호를 가진 후아칸이 이끄는 일족입니다. 다른 일족들이 100여 명 남짓한 소규모 부족이라면 후아칸 일족은 천여 명이 넘는 대부족이기도 합니다."

"천여 명이 넘는다면… 흐음……."

수인족은 성인이 될 때 어지간하면 익스퍼트급의 기사에

준하는 실력을 지닌다. 그러니 1천 명에 달하는 수인족 전사들이 있다면 실로 대단한 전력이라고 할 것이었다.

"그럼 그곳으로 같이 갑시다. 가면서 다른 일족들도 구해서 가면 되지 않겠소?"

"도움을 주시겠다는 겁니까?"

"물론이오. 내 부하들의 동족들이 탐욕에 물든 인간들에게 당하는 것을 원하지 않소."

"아… 감사합니다."

적들이 다시 몰려오기 전에 어린아이들을 데리고 이동해야 하는 터라 수인족 전사들은 빠르게 움직였다.

'후아칸 일족이라… 그들은 과연 어떤 선택을 할지 궁금하군.'

아무리 대단한 전력을 가지고 있어도 기간트를 앞세운 리만 왕국의 공격을 버텨내지는 못할 것이었다. 특히 이렇게 온 숲을 불태우며 들어온다면 말이다.

'답은 엘프들에게 있는 거 같은데 말이지.'

이안은 수인족들보다 엘프들에게 관심을 쏠렸다. 그들을 만나서 딱히 뭔가를 하겠다는 것보단 그들과의 교류가 자신에게 아주 중요할 것만 같다는 그런 막연한 느낌이 든 것이다.

'부딪혀 보면 알게 되겠지. 이 막연한 느낌이 무엇인지.'

이안은 후아칸 일족의 마을로 이동한 후 엘프들의 영역으로 갈 생각이었다. 뭔가 운명이 자신을 이끌고 있다는 느낌을 따르기로 한 것이었다.

『이안 레이너』 11권에 계속…

초대형 24시 만화방

신간 100%, 샤워실, 흡연실, 수면실(침대석), 커플석, 세탁기 완비

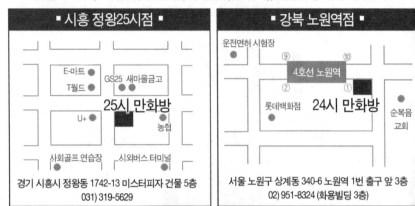

▪ 시흥 정왕25시점 ▪

E-마트
T월드
GS25 새마을금고
25시 만화방
U+
농협
사회골프 연습장
시외버스 터미널

경기 시흥시 정왕동 1742-13 미스터피자 건물 5층
031) 319-5629

▪ 강북 노원역점 ▪

운전면허 시험장
⑨   ⑩
4호선 노원역
②   ①
롯데백화점   24시 만화방
순복음
교회

서울 노원구 상계동 340-6 노원역 1번 출구 앞 3층
02) 951-8324 (화용빌딩 3층)

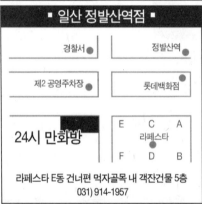

▪ 일산 정발산역점 ▪

경찰서   정발산역
제2 공영주차장   롯데백화점
24시 만화방
E   C   A
라페스타
F   D   B

라페스타 E동 건너편 먹자골목 내 객잔건물 5층
031) 914-1957

▪ 일산 화정역점 ▪

덕양구청
③   ④
화정역
②   ①
세이브존
롯데마트   이마트
24시 만화방
화정중앙공원 화정동 성당

경기도 고양시 덕양구 화정동 984번지 서일빌딩 7층
031) 979-4874 (서일사우나 건물 7층)

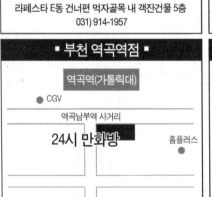

▪ 부천 역곡역점 ▪

역곡역(가톨릭대)
CGV
역곡남부역 사거리
24시 만화방
홈플러스

역곡남부역 기업은행 건물 3층
032) 665-5525

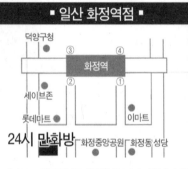

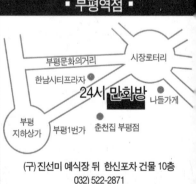

▪ 부평역점 ▪

부평문화의거리   시장로터리
한남시티프라자
24시 만화방
나들가게
부평
지하상가   부평1번가   춘천집 부평점

(구) 진선미 예식장 뒤 한신포차 건물 10층
032) 522-2871

GAME BALL

BORN ON DATE

게임볼 설경구 장편 소설
FUSION FANTASTIC STORY

무명의 야구인이었던 남자,
우진이 펼치는 야구 감독으로서의 화려한 일대기!

『게임볼』

"이 멤버로 우승을 시키라고?"

가상 야구 게임,
게임볼을 통해 인생 역전을 꿈꾸는

한 남자의 뜨거운 행보에 주목하라!

Book Publishing CHUNGEORAM

유행이 아닌 자유추구 -
WWW.chungeoram.com

투신 강태산
박선우 장편소설
FUSION FANTASTIC STORY
무림을 휩쓸던 '야차(夜叉)'가 돌아왔다.
『투신 강태산』
여행사 다니는 따뜻한 하숙생 오빠이자
국가위기 특수대응팀 '청룡'의 수장.
그리고 종합격투기계를 휩쓸어 버린 절대강자.
전 세계를 무대로 펼쳐지는 투신 강태산의 현대 종횡기!!
"나는, 나와 대한민국의 적을, 철저하게 부숴 버릴 것이다."
서러웠던 대한민국은 잊어라!
국민을 사랑하는 대통령과 절대강자 투신이 만들어 나가는
새로운 대한민국이 펼쳐진다!!
Book Publishing CHUNGEORAM
유행이 아닌 자유추구 -
WWW.chungeoram.com

FUSION FANTASTIC STORY

Miracle Direction

서산화 장편소설

기적의 연출

천재 영화감독, 스크린 속 세상을 창조하다!

『기적의 연출』

대문호 신명일과 미모로 손꼽히던 여배우 김희수의 아들 신지호.
일가족은 불운한 사고로 인해 크나큰 비극을 겪는다.
이 사고로 섬광 기억(Flashbulb memory)이라는 능력을 얻게 된 그 순간!
그의 모든 게 달라졌다.

"배우의 혼을 이끌어내고, 관중의 영혼을 붙잡아야 합니다.
그게 제 목표입니다."

완전한 감독을 꿈꾸는 신지호.
이제 그의 영화가, 세상을 홀린다!